AF280963

Ich war immer anders als meine Geschwister oder meine Schulkameraden. Ich verbrachte meine Kindheit den ganzen Tag über in den Wäldern, von morgens bis abends. Ich habe mich mit den Bäumen und den Tieren unterhalten, als würden sie mich verstehen. Es war für mich eine Herausforderung, mich in die Gesellschaft und ihre Regeln einzubringen. Graue und langweilige Schulstunden verbrachte ich am Fenster, sah nach draußen und mir gingen meine Tagträume wie ein Kinofilm durch den Kopf. Meine Mutter erzählte mir von den Kelten und Alemannen, die in unserer Region lebten. Gleichzeitig stellte ich mir vor, dass ich in meinem vorherigen Leben eine Kriegerin dieses Stammes war. Ich habe schon immer gerne Geschichten geschrieben, obwohl ich miserabel im Deutschunterricht war. Dennoch war mein Ehrgeiz für dieses Buch groß und ich ließ nicht locker. Ich habe diese Geschichte für mich geschrieben, für meine zukünftigen Kinder und für alle, die sich auch fehl am Platz fühlen. So wie ich mich damals gefühlt habe. Sei ein Träumer und gib niemals dein inneres Kind in dieser farblosen Gesellschaft auf! Liebe mit Freude, respektiere das Leben, egal in welcher Form, und glaube an dich selbst!

In liebe deine Alessia

Alessia Bernasconi

Die Legende von Amei

«Sei ein Träumer»

Bibliografische Information der Deutschen Nationalbibliothek: Die Deutsche Nationalbibliothek verzeichnet diese Publikation in der Deutschen Nationalbibliografie; detaillierte bibliografische Daten sind im Internet über dnb.dnb.de abrufbar.

Verlag: BoD • Books on Demand GmbH, In de Tarpen 42,

22848 Norderstedt

Druck: Libri Plureos GmbH, Friedensallee 273, 22763

Hamburg

ISBN: 978-3-7597-7748-5

Ich werde dir das Wissen über die Heilkunde, die Rituale, den Glauben und die Mentalität der Kelten vermitteln. Tauche ein in meine Geschichte und lies sie, als wäre es deine.

Meine Geschichte

«Los, Nara!», rief ich mit lauter Stimme und trieb sie noch einmal an. Wir wurden verfolgt und galoppierten in Windeseile durch ein Feld voller Blumen, dabei lösten sich die Samen der Pusteblumen und begaben sich auf ihre Reise.

«Gleich habe ich euch!», schrie eine Frauenstimme hinter mir, daraufhin parierten wir zum Trab durch.

«Hoo»

Nara wurde langsamer. Wir gingen in den Wald und folgten einem Viehpfad. Einen Wimpernschlag später kamen wir auf eine Lichtung. Ich hörte, dass die Fremde direkt hinter uns war, ich trieb Nara noch einmal in den Galopp. Das letzte Stück kam und die Fremde war auf gleicher Höhe. Wir galoppierten direkt auf ein paar Rehe zu, sie erschraken und ergriffen die Flucht. Die Rehe rannten panisch vor uns, wahrscheinlich dachten sie, wir würden sie jagen.

«Los aus dem Weg!», rief die Fremde und winkte den Rehen mit einer Hand zur Seite. Ein Reh rannte links neben mir, bis es seine Möglichkeit erkannte und verschwand. Ich gab einen lauten Schrei von mir, wobei Nara ihre Ohren zurückzog und noch schneller galoppierte. Es fühlte sich so an, als würden wir fliegen.

«Wir schaffen es!», schrie ich und klopfte stolz auf Naras Hals.

Wir parierten durch und liefen um einen Baum, der auf diesem Feld stand. Die Nüstern der Pferde waren weit geöffnet und schnappten gierig nach Luft.

«Ich habe gewonnen!», lachte ich laut und streckte meinen Arm in den Himmel.

«Na, aber das war sehr knapp», erwiderte sie und nahm eine Haarsträhne aus ihrem Gesicht.

Mein Name ist Amei, die Widerspenstige, und die Fremde ist Irmelin, die Prinzessin unseres Stammes und meine Blutsfreundin.

Plötzlich erklang eine tiefe Stimme hinter uns, ich zuckte zusammen und sah über meine Schulter.

«Was macht ihr hier?»

«Birk!», rief ich mit freudiger Stimme und wandte mich ihm zu.

«Möchtest du mitspielen?», fragte ich.

«Ich habe keine Zeit für solche Dinge», sagte er und richtete nun seinen Unmut an Irmelin.

Dabei zischte ich mit leiser Stimme.

«Spielverderber.»

«Irmelin, ich suche dich seit Stunden, du musst mit deinem Vater sprechen», sprach er mit einem besorgten Unterton in seiner Stimme.

«Worüber?»

«Ich bin mir nicht sicher, aber ich habe eine Vermutung», er rieb sich nervös über seine Stirn.

«Wir sehen uns später», zwinkerte Irmelin mir zu, darauf zwinkerte ich ihr zurück und fügte hinzu.

«Wir sehen uns, wenn die Götter es so wollen.»

Ich stand mitten auf einer Waldlichtung, neben mir war Nara, ihr Name bedeutet die Glückliche. Nara gab mir einen kleinen Schubs an meine rechte Schulter. Ich sah sie an und fing an zu lachen. Sie scharrte mit den Hufen, streckte mir den Kopf entgegen und schnaubte mich an, dabei blies sie mir eine Haarsträhne mit ihrem Atem aus meinem Gesicht.

«Na gut, Nara, ich weiß, was du willst.»

Mit großer Begeisterung und Vorfreude sprang ich auf, berührte ihre Schulter und rannte los. Sie schüttelte ihren Kopf und folgte mir. Wir machten ein Wettrennen, natürlich besiegte mich Nara um Längen, aber es machte mir Spaß. Ich drehte mich im Kreis und schloss meine Augen, bis ich stehen blieb. Nara sah mich mit einem neugierigen Blick an. Ich ging einige Schritte auf sie zu, streichelte ihr über die Stirn bis hinunter zu den Nüstern und legte meine Stirn an ihre.

«Sei lebensfreudig, stürmisch und einzigartig. Wir werden immer miteinander verbunden sein.»

Ich fand sie als Fohlen angebunden an einem Baum, mitten im Wald. Sie sah verwahrlost aus, darum nahm ich sie mit nach Hause, gab ihr Futter, Wasser und ganz viel Liebe. Es dauerte eine Weile, bis ich ihr Vertrauen gewann. Nachdem unsere wachsende Verbundenheit gefestigt war, bestand nun die Möglichkeit, sie ohne Sattel und Zaum zu reiten. Nara war nicht leicht zu bändigen, sie war ängstlich und eigenwillig, aber Geduld ist eine Tugend und ich wurde mit einer wunderbaren Freundschaft belohnt. Fasziniert sah ich Nara an, für mich war sie eines der schönsten Pferde, die ich bislang gesehen hatte. Nara war dunkelbraun, mit drei schwarzen Beinen und einem

Weißen. Sie hatte eine schwarze Mähne, die sich an den Spitzen braun färbte. Ihre Augen hatten einen Blick von Vertrautheit, wobei sich ihre Sternzeichnung an der Stirn hervorhob.

Überraschend knirschte es hinter uns, Nara spitzte ihre Ohren nach vorn, erhob ihren Hals und machte sich größer, als sie war.

«Was hörst du?», fragte ich sie leise und legte meine Hand auf ihren Hals. Plötzlich sprang ein Wolf hervor und Nara erschrak, ließ ein lautes Geräusch von sich und schlug ihre Vorderbeine nach ihm.

«Hoo! Ganz ruhig!», rief ich mit ruhiger Stimme und stellte mich vor Nara. «Es ist nur Alo!»

Nara stampfte abwechselnd mit den Vorderbeinen vor Nervosität, fing sich aber dann wieder langsam an zu beruhigen. Sie nahm ihren Kopf nach unten, streckte ihn vorsichtig nach vorn und schnaubte Alo an. Währenddessen kniete ich mich zu Alo, um ihr zu zeigen, dass alles in Ordnung war.

«Jetzt hast du dich aber erschrocken», lachte ich leicht und strich ihr mit meiner Hand über die Stirn. Auf unserem Weg begleitet mich immer Alo, mein Wolfshund. Der Name Alo bedeutet der geistige Führer.

Wir liefen ein wenig durch den Wald, dann hielt ich bei einem Bach an und lehnte mich über ihn. Mein langer, hellbrauner Wollrock schimmerte mit meiner weißen Bluse im Wasser. Ich betrachtete mein Spiegelbild. Meine hellblauen Augen verschmolzen mit dem klaren Bergwasser. Als Andenken an meine Mutter trug ich ihre silbernen Armreifen. Meine aschblonden Haare, die mit ein paar Schmuckperlen verziert sind, umhüllten mein Gesicht. In meiner Stammeskultur ist es üblich, dass wir eine heilende Geburtskette erhielten, die mit einem bestimmten Symbol und einem Stein versehen ist. Mein Stein war der Rosenquarz, er ist der Stein der Liebe und des Herzens. Er kräftigt das Herz und den damit verbundenen Kreislauf. Er gibt viel Kraft bei Liebeskummer und Herzschmerz. Jeder Stein spiegelt dich selbst wider. Es können auch mehrere Steine zu dir passen. Das erkennst du, wenn der Stein sich an deinem Leib erwärmt. Je nach Lebenssituation kann es auch passieren, dass dein Stein sich nicht mehr erwärmt. Meine Kette war aus Silber und mit dem Symbol Triskele verziert. Sie steht für den Kreislauf des Lebens, die Geburt, das Leben, den Tod, die Vergangenheit, die Gegenwart, die Zukunft, für das Werden, das Sein und das Vergehen. Es ist eine dreierspirale, drei Spiralen, die in der Mitte miteinander verbunden waren. Es ist ein druidisches Symbol und steht für die drei Göttinnen Fotla, Banbu und Eiru, die Schwestern sind. Unsere Amulette bringen uns Glück, schenken uns Kraft und wehren negative Energie ab.

Mit einem verträumten Blick richtete ich meinen Kopf nach vorn und sah dabei Alva auf mich zukommen. Ihre langen hellbraunen Haare umhüllten ihr schmales Gesicht. Sie trug einen dunkelblauen karierten Wollrock mit einem schwarzen Hemd. Ihre Heilkette ist mit dem roten Achat-Stein geschmückt. Er schützt die Haut, hat eine positive Ausstrahlung auf die Verdauungsorgane und kräftigt die Nieren. Der Achat symbolisiert Glück und bewahrt dich vor dem Bösen. Ihre goldene Verzierung war die Spirale. Zudem trug sie den Achatstein er symbolisiert Glück und bewahrt dich vor dem Bösen. Seine goldene Verzierung ist eine Spirale, die gegen den Uhrzeigersinn verläuft. Die Bedeutung steht für Erkenntnis, Wachstum, Erweiterung und Entwicklung der Seele. Wenn die Spirale gegen den Uhrzeigersinn verläuft, symbolisiert sie Kraft, Bewegung und Energie.

«Hallo Alva, was machst du hier ganz allein?», fragte ich mit verwunderter Stimme.

«Hallo Amei», sah sie mich mit einem besorgten Blick an. Dabei fragte ich mich, was heute nur im Dorf los ist, dass alle so besorgt sind. Vielleicht lag es daran, dass wir momentan so wenig Wild in unseren Wäldern haben. Alva riss mich aus meinen Gedanken.

«Ich habe ein Gespräch zwischen meiner großen Schwester und meinem Vater belauscht. Sie brauchen deine Hilfe.»

Zu Beginn war ich mir nicht bewusst, worum es sich handelt. Heute Morgen kam Birk besorgt zu uns und nun suchte mich Alva auf?

«Dann lass uns aufbrechen», erwiderte ich, stieg auf mein Pferd und streckte Alva meine Hand entgegen. Ich war so neugierig, dass ich es kaum aushalten konnte, herauszufinden, was vor sich ging.

Mein Stamm

Wir leben in Celtic und wir gehören zu den Aleman.
Unser Stamm ist in drei Klassen unterteilt. Der größte Teil des Stammes wird als die Freien bezeichnet, sie müssen in den Krieg ziehen und haben ein Mitspracherecht in der Politik.
Um Frieden zu schließen, einen Krieg zu beginnen oder Sklaven zu befreien, muss ein einstimmiger Beschluss gefasst werden. In unserer Gesellschaft gibt es keine Unterschiede zwischen den Geschlechtern, Frauen haben die gleichen Rechte wie Männer. Der König, der bei uns Jarl genannt wird, ist für militärische oder richterliche Aufgaben zuständig.
Jeder hat seine Aufgabe. Es gibt Krieger, die unseren Stamm verteidigen, Jäger, die Wild jagen, Sammler, die im Wald nach nützlichen Dingen suchen, Bauern, die unsere Nahrung anbauen und Vieh halten, Handwerker, die unsere Hütten, Waffen und andere Dinge bauen, und die Druiden. Die Druiden sind in der Lage, die Zukunft zu sehen, sie haben Kenntnisse in der Heilkunst und über Kräuter. Sie sind sowohl mit den Göttern als auch mit der Unterwelt verbunden. Jeder in unserem Stamm hat Respekt vor den Druiden. Gefangene aus Kriegen oder die Freien, die zu viele Schulden haben und diese nicht begleichen können, werden als die Unfreien bezeichnet. Sie sind unsere Sklaven. Kinder von Sklaven sind automatisch ebenfalls Sklaven. Schwere Verstöße gegen die Regeln werden mit dem Tod bestraft oder führen zum Ausschluss aus dem Stamm. Unsere Stammesregeln sind klar und fair. Wir haben eine größere Körpergröße als andere Stämme. Unser Kampf wird mehr mit den Körpern als mit den Waffen selbst geführt, weil wir stark und furchtlos sind.
Alva und ich ritten durch unser Dorf. Die meisten hier sind miteinander verwandt. Die Hütten waren aus Holz, Lehm und Stroh, was die Kelten isolierte. In jedem Dorf befindet sich ein Lindenbaum. Auch an heiligen Orten kann man die Linde finden. Sie war schon immer ein wichtiger Teil unserer Kultur. Der Baum bietet Wegweisung für Fragende, Heilkraft für Kranke, nimmt das Leid der Trauernden auf und besiegelt Liebesversprechungen. Aus ihnen werden Gottheiten und Madonnen geschnitzt.
«Amei!»

Rief eine Stimme durch die Menschenmenge, während Irmelin auf uns zulief. Alva und Irmelin ähnelten sich stark. Beide haben dunkelblaue Augen und lange blonde Haare. Irmelin trug jedoch einen roten Wollrock und ein weißes Hemd. Ihr Heilstein war ein roter Jaspis, der die Persönlichkeit fördert und bei der Identitätsfindung hilft. Er löst Blockaden, sorgt für Tatkraft und Ausgeglichenheit. Ihr Symbol steht für Unendlichkeit. Das runde Knotenmuster besteht aus einem einzigen Band, das nie endet und weder Anfang noch Ende hat. Es symbolisiert eine unsterbliche Seele, Wiedergeburt und das Göttliche. Bei der Geburt wandert die Seele ins Diesseits und nach dem Tod kehrt sie ins Jenseits zurück.

«Amei, du musst mitkommen. Unser Vater beabsichtigt, mit dir zu sprechen.»

Ungeduldig zog sie am Halsring meines Pferdes. Wir ritten Richtung Jarl Conor, dieser Mann ist unser Jarl.

Als wir einige Schritte liefen, trafen wir auf Birk.

«So sehen wir uns wieder, Birk», sprach ich und sprang von meinem Pferd. Er trug einen knielangen, braun karierten Wollrock mit einem Gürtel, ein schwarzes Hemd und schwarze Stiefel. Sein Amulett lag über seinem Hemd. Er war mit dem Heilstein Feuerachat ausgestattet. Durch diesen Stein wird das Handeln klarer und überlegter. Gleichzeitig wird sein inneres Wachstum gefördert. Die silberne Verzierung ist die Doppelspirale, die Verbindung von Gegensätzen symbolisiert. Zwei miteinander verbundene Spiralen bilden eine Einheit, wobei eine im Uhrzeigersinn und die andere gegen den Uhrzeigersinn verläuft. Die Doppelspirale beschreibt die Geburt, den Tod und das Zwischenleben. Sie symbolisiert die Tag-und-Nacht-Gleiche.

«Ich kann nicht sprechen, ich muss mich konzentrieren.»

«Worauf?», erkundigte ich mich und entfernte mit meiner Hand ein Blatt von Birks Rücken.

«Morgen muss ich die Druidenprüfung absolvieren.»

Eine Blume lag in seiner Hand, er hielt sie fest, als ob ein Sturm sie wegreißen wollte.

«Was ist das für eine Blume?»

«Das ist ein Gänseblümchen, es gehört zum Unkraut, das praktisch auf jedem Feld wächst. Man kann es essen oder als Heilpflanze verwenden. Es hilft bei Erkältungen, Verstauchungen oder Quetschungen und wird bei Wundbehandlungen angewendet.»

Er griff nach einer Blume und hielt sie vor meine Nase.

«Hier haben wir noch Sauerampfer, das schmeckt hervorragend mit Fisch zusammen. Er hilft bei Magen-Darm-Beschwerden, Blutarmut und Juckreiz.»

Ich sah ihn mit einem bemerkenswerten Blick an und legte ihm eine schöne gelbe Blume in seine Handfläche.

«Das ist ein Löwenzahn, man kann sie essen und zugleich hilft sie bei Ekzemen und Rheuma.»

«Und was ist mit dieser Pflanze?»

»Das ist Rotklee, man kann die Sprossen essen. Er hilft bei Menstruationsbeschwerden, Rheuma, Gicht und wird bei Wundbehandlungen verwendet.»

«Großartig, Birk!», begeistert lächelte ich ihn an.

«Und aus welcher Pflanze könnten wir heute Abend einen Salat oder eine Soße zaubern?»

«Das wäre Bärlauch. Wenn man die Blätter zwischen den Fingern reibt, riechen sie stark nach Knoblauch. Man kann ihn auch als Heilmittel verwenden, aber du solltest beachten, dass Bärlauch, sobald er blüht, giftig wird.»

Ich klopfte ihm auf die Schulter und lächelte ihn an.

«Warum machst du dir so viele Gedanken? Du kannst das.»

«Amei, das war nicht schwer.»

«Wie du meinst», erwiderte ich und stieg wieder auf mein Pferd.

«Wir sehen uns», winkte ich ihm zu und ritt weiter durch das Dorf.

Wir gelangten wenige Minuten später zur Hütte des Jarls, der sich auf seinem Stuhl neben der Tür befand und das angenehme Sonnenlicht genoss. Vor ihm lagen drei Wölfe. Ich beobachtete ihn einen Moment lang. Er trug ein weißes Hemd, schwarze Stiefel und einen schwarzen knielangen Wollrock. Um seinen Hals hing der Jaspis-Heilstein. Er gibt die nötige Kraft, sich mit der eigenen Seelenwelt auseinanderzusetzen und verbessert das Verarbeiten von Erfahrungen. Sein Silbernes verziertes Amulett nannte man Triquetra, die Dreifaltigkeit. Es handelt sich um drei miteinander verbundene Dreiecksspitzen. Es symbolisiert die Geburt, das Leben und den Tod.

«Ich grüße dich, Conor, der Wolfflüsterer.»

«Guten Tag, Amei, hast du den Weg gefunden?», lachte er sarkastisch.

«Ja, das habe ich. Mir kam zu Ohren, dass ihr mit mir sprechen möchtet?»

«Ja, genau genommen möchte das Oberhaupt mit dir sprechen, du findest sie im Haus», zwinkerte er mir zu und lächelte frech.

Ich stieg vom Pferd, verbeugte mich leicht und ging hinein. Alva und Irmelin folgten mir.

13

«Ich grüße dich, Fia, der dunkle Frieden.»

Fia war die Mutter von Alva und Irmelin.

Sie wandte sich langsam zu uns und sah mir in die Augen. Ich mag es gar nicht, wenn mir jemand länger in die Augen sieht, aber den Blick abzuwenden zeigt Unsicherheit.

Das Licht der Kerze tanzte in ihrem Gesicht.

Fia trug einen langen grauen Wollrock und das passende Hemd dazu. Um ihren Hals reflektierte eine silberne Heilkette des Mondes im Kerzenlicht. Der Halbmond, der als Enthüller der heiligen Dinge bekannt ist, beeinflusst die Gezeiten, das Pflanzenwachstum und die weibliche Menstruation. Er symbolisiert Ausgleich und Harmonie. Mit einem Bergkristall eingearbeitet, fördert er eine klare Wahrnehmung und ein Gespür für den richtigen Zeitpunkt.

Aufbruch nach Helvetios

«Amei, setz dich an die Tafel.»

Sie zog mir einen Stuhl vom Tisch und ich setzte mich hin. «Uns hat soeben die Nachricht erreicht, dass die Helvetis in den Krieg ziehen wollen mit den Romanis. Wir haben eine Vereinbarung, dass unsere Stämme sich in schlechten Zeiten unterstützen. Dies wurde festgehalten, indem sich unsere Kinder vermählen.»

Sie zündete noch eine Kerze auf dem Tisch an.

«Und wie soll ich helfen?»

Ich fühlte mich von meinen Gedanken getrieben,
weil mir nicht klar war, was ich damit zu tun habe.

«Amei, du bist manchmal kindisch, lebst in deiner eigenen Welt und suchst noch den Weg zu dir selbst.»

Wie heißt es so schön? Wahre Worte verletzen einen.

«Aber du hast einen starken Willen. Keiner kann so schnell reiten wie du, kein Pfeil trifft das Ziel so sicher wie deiner. Es wird Zeit für dich, deinen Weg zu finden. Wir wollen dich als unsere rechte Hand. Es liegt in unserer Absicht, diesen Konflikt zu vermeiden, denn die Druiden unseres Stammes sind davon überzeugt, dass dieser Krieg Unheil bringen wird!»

Fia lief zum Kamin, hielt an und sah mit einem leeren Blick hinein. Ich sah zu Irmelin hinüber, die mich wiederum erwartungsvoll ansah.

«Ich würde mein Leben für den Stamm opfern!», erwiderte ich.

«Aber ich bin nur eine Jägerin und keine Kriegerin. Ich glaube nicht, dass ich dafür bereit bin.»

Fia kam auf mich zu und streichelte liebevoll mein Haar.

«Ich bin überzeugt, dass du die stärksten Krieger hast. Warum möchtest du mich?»

«Ja, das ist wohl wahr, aber die Druiden haben eine Vision von den Göttern erhalten, dass sie Großes mit dir vorhaben. Folge ihrer Vision!»

«Dann werde ich mich von meinem Schicksal treiben lassen», gab ich Fia mein Wort, war jedoch von meinen eigenen Worten nicht überzeugt.

Fia nickte mir zu und pustete mit einem sanften Stoß die Kerzen aus.

«Du wirst als Erstes mit Irmelin die Nachricht überbringen, dass die Aleman den Helvetis zur Seite stehen. Birk wird mit euch reiten, er ist ein guter Druide.»

15

Sie winkte mich fort, ich erhob mich von der Tafel, verbeugte mich und verließ die Hütte.

Mir gingen unendlich viele Gedanken durch den Kopf.

«Amei, du bringst mich zu Alvar?»

Alvar war der Prinz der Helvetis und Irmelins zukünftiger Mann.

«Ja, aber wir müssen uns zuerst vorbereiten und nicht kopflos aufbrechen. Packe warme Kleidung ein, wir sehen uns morgen, wenn die ersten Sonnenstrahlen die Wälder berühren.»

Irmelin sprang freudig davon, aber ich sorgte mich um die Zukunft.

Ich pfiff einmal und Nara kam sofort.

«Wir müssen uns vorbereiten, wir haben einen weiten Weg vor uns und ungefähr in der Hälfte der Strecke schlägt der Winter ein.»

Ich streichelte Nara über die Stirn und stieg auf. Gemeinsam ritten wir zu meiner morschen Hütte, die mitten im Wald lag.

Sehr wahrscheinlich wird sie zerfallen sein, bis wir zurückkehren. Meine Eltern sind vor einigen Jahren verschwunden, als ich noch jünger war, und nun bin ich allein. Meine Mutter stammte aus dem Volk der Aleman und mein Vater war ein Leponder.

Ich öffnete die Tür und trat ein. Kenna, die wunderschöne Katze, sprang mir entgegen und erfreute sich an meinem Anblick.

«Hallo, meine Freundin», sprach ich freudig und strich ihr über den Rücken bis zum Ende ihres Schwanzes.

Kenna besuchte mich immer wieder.

«Na gut, so allein lebe ich doch nicht», schmunzelte ich über meine eigenen Gedanken.

Es wurde dunkel und ich legte mich schlafen. Hier mitten im Wald hörte man viele Geräusche in der Nacht und das Knarren der Bäume, die vom Wind hin und her schaukelten.

Die Nacht verging schnell und ich erwachte zur Morgendämmerung.

Ich entzündete eine Kerze, stand vom Bett auf und stieg die Leiter hinunter. Eilig lief ich zur Küche, griff nach einem Trinkbeutel und ein paar Nüssen, die ich in meine Tasche packte. Dann lief ich zur Tür, öffnete sie und streckte meinen Arm aus, sodass eine Eule angeflogen kam und sich auf meinen Arm setzte.

«Grüß dich, Kian, der Weise Mann.»

Mit meinem Finger strich ich ihm über den Kopf. Ich gab ihm eine Nuss und so verschwand er wieder in den Wald.

Müde lief ich zum Schrank und nahm eine dunkelblaue Hose, ein weißes Hemd und hellbraune Stiefel heraus. Ich zog mich um und nahm noch einen Fellmantel und einen Dolch aus dem Schrank, den ich in meine

Tasche packte. Dann kletterte ich noch einmal die Leiter hoch und lief zum Bett, duckte mich und zog einen Köcher, gefüllt mit Pfeilen, und einen Bogen hervor. Ich erhob mich, legte mir den Köcher und den Bogen um, kletterte die Leiter wieder hinunter und bewegte mich Richtung Tür. Mit einem letzten Blick verabschiedete ich mich von der morschen Hütte. Ich ließ die Tür offen, damit die Tiere kommen und gehen können, wann sie wollen. Ich stieg auf Nara, drückte meine Unterschenkel leicht zusammen und verlagerte mein Gewicht nach vorne, sodass Nara loslief.

«Los, Nara!»

Eine kurze Zeit später befanden wir uns bei Irmelin.

«Das Morgenlicht grüßt dich, Amei», sprach Irmelin mit einem Strahlen über ihr ganzes Gesicht.

«Guten Morgen, Irmelin», erwiderte ich mit einem lauten Gähnen und hielt mir die Hand vor den Mund.

Sie verabschiedete sich von ihren Eltern und ihrer kleinen Schwester.

Danach band sie ihre Tasche an den Sattel und stieg auf.

«Oraya sieht kräftiger aus als zuvor», sprach ich zu Fia. Denn das Pferd, das Irmelin reiten durfte, gehört Fia.

«Danke, es war ein hartes Stück Arbeit», erwiderte sie mit einem stolzen Lächeln.

Oraya war ein brauner Araber mit vier schwarzen Beinen, einem weißen Fleck auf der Nüster und einem an der Stirn.

«Wir werden unseren Weg finden, und wenn nicht, wird der Weg uns finden.»

Mit diesen Worten verabschiedete ich mich von Fia und Jarl Conor.

«Jetzt holen wir Birk», sprach Irmelin ungeduldig und ritt voraus.

Wir ritten das Tal hinab, bis wir zu einer Höhle ankamen. Nicht nur Fackeln verteilten sich in der Umgebung, sondern auch Speere, die mit Menschenschädeln verziert waren.

«Warum sind die Druiden nur so komisch?», fragte mich Irmelin.

Ich antwortete darauf nur mit einem Schulterzucken.

Birk kam aus der Höhle und holte sich ein Pferd.

«Hallo, Freunde.»

Wir grüßten ihn zurück.

«Seit wann hast du gute Laune?», fragte ich ihn mit einem misstrauischen Blick.

Birk stieg auf sein Pferd.

«Es ist ein wunderschöner Tag, um ein Abenteuer zu beginnen. Endlich komme ich aus dieser Höhle heraus.»

Ich zog eine Augenbraue hoch, und wir ritten los. Irmelin und ich kennen uns schon seit unserer Kindheit. Ich bin sieben Jahre älter als sie, und Birk ist vier Jahre jünger als ich. Wir sind schon seit einiger Zeit Freunde. «Habt ihr alles dabei? Wasserbeutel, Wollmantel und eine Kappe für die kalten Tage?», fragte ich nach, und im selben Moment, als ich es aussprach, fühlte ich mich wie eine Mutter. Wir stiegen von den Pferden und liefen einen steilen Pfad hinunter, um die Gelenke der Pferde zu schonen. Ich half, die meisten Pferde in unserem Dorf einzureiten, unter einer Bedingung: dass man den Jungpferden genug Zeit lässt, sich zu entwickeln, denn der Rücken der Pferde ist Gold wert. Ich mag keine grausamen Methoden, um den Willen eines Tiers zu brechen. Tiere besitzen, genauso wie wir, eine Seele und spüren den Schmerz. Ein Band aus Vertrauen und Respekt ist stärker als ein Band aus Angst und Unterdrückung. Es nennt sich Freundschaft, und für einen loyalen Freund würde ich mein Leben geben.

Nach einer langen Wanderung kamen wir endlich am Fuß des Berges an und stiegen wieder auf die Pferde. Während wir über ein blumenbedecktes Feld ritten, konnte ich beobachten, wie ein paar Rehe am Rand des Waldes grasten. Ein gelber Schmetterling flatterte an mir vorbei, begleitet vom fröhlichen Gesang der Vögel. Der Wind strich durch meine Haare, und der Duft der Blumen stieg mir in die Nase. Ich legte mich auf den Rücken und betrachtete die Wolken, die wie ein Engel und eine Ente aussahen.

Wir ritten schon einen halben Tag Richtung Westen, und nun war es Zeit für eine Pause.

«Birk und Irmelin, wir rasten hier und schlagen unser Lager auf.»

«Endlich, mein Gesäß tut schon ganz schön weh, und ich habe einen Bärenhunger», erwiderte Irmelin.

«Dann besorge ich etwas zu Essen.» Nachdem wir von den Pferden gestiegen waren, begannen Irmelin und Birk damit, das Lager am Waldrand aufzuschlagen. In der Zwischenzeit machte ich mich auf den Weg, um nach Essen zu suchen. Ich durchstreifte den Wald, passierte einen Felsen und überquerte einen Bach, als plötzlich ein Fuchs vor mir auftauchte. Ich kniete mich hin und beobachtete den Fuchs. Etwas schien mit ihm nicht zu stimmen. Ich holte meinen Bogen und die Pfeile heraus und zielte auf sein Herz. Wir erlegten unser Wild schnell und schmerzlos, und danach sprachen wir ein paar Dankesworte. Als ich bereit war, den Pfeil abzuschießen, trafen sich unsere Blicke, und ich senkte meinen Bogen. Der Fuchs kam auf mich zu, und erst dann erkannte ich, dass er krank ist und die Nacht wahrscheinlich nicht überleben wird. Er näherte sich bis auf eine Armlänge und blieb dann stehen. Es war ein emotionaler Moment für mich. Wir sahen uns tief in die Augen, und ich konnte den Schmerz in seinen Augen sehen. Nach einem kurzen Moment senkte er seinen Kopf, und mir wurde klar, was er von mir wollte. Mit schwerem Herzen zog ich meinen Dolch heraus, streichelte ihm über den Kopf und stach ihn in sein Herz.

«Eine gute Reise wünsche ich dir, mein kleiner Freund», flüsterte ich.

Ich zog den Dolch heraus und legte ein Blatt auf seinen leblosen Körper.

«Dein Körper ist nur eine Hülle, die du hier zurücklässt. Deine Seele wandert in den Himmel zu deinen Ahnen. Du lässt deinen Körper hier, der zu Erde wird und uns dieses Leben schenkt.»

Eine Träne lief mir über die Wange.

«Diese Träne ist für ein erloschenes Leben, dein Leben, kleiner Fuchs.»

Ich schenkte ihm einen letzten Blick und verschwand dann im Wald. Ich lief den Weg zurück, bis ich im Lager ankam, wo Birk bereits ungeduldig auf mich wartete.

«Amei, ich habe einen Brennnesseltee für dich.»

«Das ist genau das, was ich jetzt brauche, Birk.

Erklär mir doch mal, welche Eigenschaften die Brennnessel hat?», fragte ich ihn, um mich abzulenken.

«Sie enthält viel Eisen, Calcium und Vitamin C.»

«Sehr gut», erwiderte ich und nahm einen großen Schluck.

Ich runzelte die Stirn.

«Das schmeckt ja nach Gras.»

«Es spielt doch keine Rolle, wonach der Tee schmeckt, es kommt auf die Heilwirkung an.»

«Dir vielleicht nicht.»

Ich schüttete den Tee heimlich ins Gebüsch.»

«Und welche Heilwirkung hat er?», fragte ich, um meine Tat zu verbergen.

«Er wirkt blutreinigend, blutbildend und stoffwechselfördernd.»

«Immerhin eine nützliche Pflanze.»

«Man kann sie auch als Füllung für Pasta verwenden oder als Soße.»

«Bei allen Göttern, ich hoffe, das schmeckt besser als dieser Tee.»

Birk musste schmunzeln, während Irmelin stürmisch auf uns zukam.

«Ich habe Kastanien entdeckt.»

Sprach Irmelin und legte die Kastanien in die heiße Glut des Lagerfeuers.

«Kastanie der Auferstehung. Sie steht für Voraussicht, Erneuerung, Geborgenheit, Hingabe und Sättigung. Die Samen der Kastanie helfen bei Venenerkrankungen, Krampfadern und Wadenkrämpfen. Kastanienbäume werden bis zu 35 Meter hoch.»

«Musst du immer so allwissend sprechen, Birk?»

«Du bist ja nur neidisch, weil ich es kann», erwiderte er und streckte ihr die Zunge wie ein kleines Kind heraus.

Ich konnte es mir nicht verkneifen.

«Die schmecken immerhin.» und lachte.

«Du Verräterin!» rempelte mich Birk mit seiner Schulter an und lachte mit.

Ich setzte mich zu Irmelin an das Feuer und sprach das Thema mit der Kastanie wieder an.

«Die Lebensbäume sind ein Teil unserer Kultur, man ordnet sie dem Geburtsdatum zu. Sie sind unsere Wegbegleiter im Leben und bringen uns Glück.»

Wir saßen alle um das Feuer und ließen die Vergangenheit aufleben.

Irmelin erhob sich und sprach mit ausgestreckten Armen.

«Im Osten geht die Sonne auf, im Süden ist ihr Mittagslauf, im Westen wird sie untergehen, im Norden ist sie nie zu sehen.»

«Das gilt aber nur auf der Nordhalbkugel.»

fügte ich hinzu und Irmelin rollte mit den Augen.

«Ich glaube, ich habe mich geirrt. Du bist ein Klugscheißer!», lachte sie.

Irmelin nahm einen Stock, lief aufs Feld und steckte ihn in die Erde. Irmelin stand in Richtung Norden und der Schatten des Stocks zeigte nach Osten.

«Da es Sommer ist, rechnet man immer eine Stunde hinzu, also ist es etwa drei Uhr.»

Ich kannte die Technik, war aber schwer beeindruckt, dass Irmelin das wusste. Versteht mich nicht falsch, ich denke nicht, dass Irmelin dumm ist, aber als Prinzessin des Stammes hat man andere Aufgaben zu erledigen. Daher erstaunt es mich, dass sie solche Dinge beherrscht.

«Wir reiten in der Nacht weiter, wenn es für die Pferde kühler ist», sprach ich, woraufhin Birk und Irmelin mir verständnisvoll zustimmten.

«Dann können wir uns noch etwas ausruhen», erwiderte Birk.

«Macht das. Ich werde die Umgebung erkunden.»

Ich lief entlang des Waldrands, bis ich einen Lindenbaum fand. Ich betrachtete die Blätter des Baumes ganz genau. Die herzförmigen Blätter sind etwa fünfzehn Zentimeter lang und

Fast so breit. Ihre Krone ist groß und rundlich. Sie wird mehrere Hundert Jahre alt und 40 Meter hoch. Die Winterlinde ist ein heiliger Baum, sie steht für Gemeinschaft und Liebe. In der Heilkunde wirkt sie beruhigend, blutreinigend, entzündungshemmend und schweißtreibend. Ihre Blüten kann man als Tee oder für ein Bad verwenden.

Als ich nach einem ausgedehnten Spaziergang ins Lager zurückkehrte, war die Sonne bereits untergegangen und der Mond erhellte den Himmel.

Wie ein Schatten näherte ich mich Birk und Irmelin.

«Es ist Zeit zu gehen.»

Irmelin schrie auf, woraufhin Birk erschrak und den Wasserbeutel fallen ließ.

«Ach beim Donner von Thor musst du uns so erschrecken!»

«Wovor fürchtest du dich, in der Dunkelheit, Birk?», lächelte ich ihn mit einem schrägen Blick an.

«Nicht einmal Niflheim macht mir so viel Angst wie du.»

«Danke», erwiderte ich mit einem gewinnenden Blick.

«Das war kein Kompliment.»

Ich zwinkerte ihm zu und wir begannen gemeinsam damit, das Lager abzubauen. Anschließend nahm ich mein Pferd, stieg auf und wir machten uns auf den Weg. Der Mond beleuchtete das Land, sodass wir klar sehen konnten, wohin wir ritten.

«Ihr könnt euch am Nordstern orientieren, da er im Laufe der Nacht seine Position nicht verändert. Alle anderen Sterne wandern weiter. Der Nordstern markiert das Ende des Sternbildes Kleiner Bär, das auch als kleiner Wagen bekannt ist. Der kleine Bär besteht aus sieben Sternen. Richtet euch vom Nordstern aus und betrachtet ihn als die Mitte einer Uhr. Teilt den Himmel von rechts nach links in zwölf Teile.

Der Große Bär, auch bekannt als großer Wagen, ist eine größere Version des kleinen Bären. Er dient als Stundenzeiger und bestimmt die Zeit. Der Nordstern und die beiden Sterne der Hinterachse des Großen Bären bilden eine gerade Linie, die die Position von zwölf Uhr markiert. Wenn der rechte letzte Stern des Großen Bären über den Himmel wandert, könnt ihr daraus die ungefähre Zeit ableiten. In der Sommerzeit müsst ihr in der östlichen Region eine Stunde hinzufügen und in der westlichen Region nur eine halbe Stunde», erklärte ich Irmelin und Birk.

«Also ist es jetzt schon zwei Uhr.»

«Ja, genau, Irmelin», erwiderte ich müde.

Ich übernahm mich etwas mit meinem Spaziergang.

Wir ritten noch eine Stunde, als wir plötzlich einen grellen Schrei durch den Wald ziehen hörten. Wir sahen uns zur gleichen Zeit an.

«Irmelin und Birk, ihr wartet hier, bis ich das Zeichen gebe, dass es sicher ist.»

«Nein, Amei, wir helfen dir.»

«Birk, mach mich nicht wütend, befolge meine Anweisungen und pass auf Irmelin auf.»

Nara und ich galoppierten stürmisch los.

Die Romanis

Die Schreie drangen direkt vor mich, ich stieg vom Pferd ab und schlich mich näher heran. Einige Männer überfielen ein Lager, während eine alte Dame weinend neben ihrer leblosen Tochter saß. Die Männer waren aufgrund des Schattens des Feuers nur schwer zu erkennen. Einige suchten nach Nahrung, während andere Wertgegenstände sammelten. Es waren zu viele Männer und es war zu dunkel, um einen direkten Angriff zu starten. Schließlich stiegen sie auf ihre Pferde und einer der Männer stach die alte Dame mit einem Dolch nieder, bevor sie in den Wald zurück verschwanden.

Ich stand auf und ging zu dem leblosen Körper. Plötzlich packte mich ein Mann an der Schulter. Ich wich nach hinten aus und sprang auf seinen Rücken. Er griff nach meinen Armen und zog mich über seinen Kopf, um mich zu Boden zu werfen. Ich schlug mit dem Rücken auf und verlor für einen Moment den Atem. Er war groß und stark wie ein Bär. Er trat auf meine langen Haare und holte zum nächsten Schlag aus. Ich konnte ihm knapp ausweichen, sein Schwert blieb in einer Wurzel stecken. Er zog so fest daran, dass er das Gleichgewicht verlor und ein paar Schritte nach hinten taumelte, als sich das Schwert aus der Wurzel löste.

Ich nutzte diesen Moment und rollte zur Seite, stand auf und rannte auf ihn zu. Ich sprang in die Luft und hielt mich an einem Ast fest. Mit voller Wucht trat ich ihm ins Gesicht. Er wischte sich das Blut von der Nase und schrie mich vor Wut an. Trotzdem schien es ihm nichts auszumachen, dass ich ihm

Die Nase gebrochen hatte. Sein Blick war starr, und das Blut lief ihm über das Kinn bis hinunter zum Hals, wo es auf den Boden tropfte. Immer wieder schlug er sein Schwert auf den Boden und warf es schließlich weg.

«Das brauche ich nicht für ein schmuddeliges Weib wie dich!», spottete er mit tiefer Stimme.

«Ach, wie entzückend, aber sei dir da mal nicht so sicher!», erwiderte ich hochmütig.

Er ballte seine Hände zur Faust und schrie mich erneut an, bevor er mit großen Schritten auf mich zustürmte. Ich rannte ihm entgegen und beobachtete seine Schritte. Als er mit beiden Beinen in der Luft war, ließ ich mich fallen und rutschte unter ihm hindurch. Ich erhob mich und sprang auf seine Schultern, um ihn mit meinen Beinen zu würgen. Er lief rückwärts und schlug mich gegen einen Baum. Ein zerbrochener Ast bohrte sich in meinen Oberschenkel, und ein stechender Schmerz durchzog meinen ganzen Körper. Ich fiel zu Boden, und er packte mich an meinem Hals, hob mich hoch und drückte mich gegen denn Baum. Ich sah ihm tief in die Augen, und plötzlich veränderte sich sein Gesichtsausdruck. Seine Pupillen wurden stechend klein. Er stöhnte leise, und ich spürte, wie sein letzter Atemzug an meinen Lippen vorbeizog. Seine Pupillen wurden groß, und dann fiel er wie ein Sack Kartoffeln zu Boden. Ich hielt meine Hände an meinem Hals und schnappte nach Luft. Vor mir stand ein schlanker, großer Mann mit einer Kapuze, die sein Gesicht verhüllte. In seiner Hand hielt er einen Dolch.

Er drehte mir den Rücken zu.

«Du hast dich nicht schlecht geschlagen», sprach er mit einer geheimnisvollen Stimme und wandte sich mir zu.

Es war ein großer Mann mit einem Bart, dessen Haare seitlich gekämmt und zu einem Knoten gebunden waren. Offensichtlich gehörte er zu den Suben, einem Stamm, den wir nicht besonders mochten. Aber da er mir das Leben gerettet hatte, zeigte ich mich friedlich.

«Ich hätte ihn auch alleine erledigen können», sprach ich.

«Ja, das sah man», erwiderte er spöttisch.

«Du musst dich gar nicht so aufplustern, jeder kann einen Mann feige von hinten erledigen», und sah ihn mit einem wütenden Blick an.

«Trotzdem danke ich dir, Fremder», fügte ich hinzu und er nickte.

«Hast du alles mitgehen lassen?», fragte ich neugierig.

«Ja, so gut wie», antwortete er.

«Mistkerle!», flüsterte er leise vor sich.

«Kennst du die Männer?», fragte ich neugierig.

«Ja, es waren nur eine Handvoll Männer von den fünf romanischen Legionen, die hier in der nähe ihr Unheil verbreiten», antwortete er.

«Ich danke dir, Fremder. Man sieht sich immer zweimal im Leben und beim dritten Mal gibst du mir einen Kelch Met aus», zwinkerte ich ihm zum Abschied zu.

«Ich wünsche dir ebenfalls ein gutes Leben», sagte er, bevor er sich umdrehte.

Auf seinen Lippen zeichnete sich ein leichtes Lächeln ab.

Er verschwand hinter den vielen Bäumen, als würde ihn die Dunkelheit des Waldes verschlucken. Ich kehrte mit meinem verletzten Bein zu Irmelin und Birk zurück.

«Amei, was ist passiert?», fragte Irmelin mich mit großen Augen und streckte mir ihre Hand entgegen.

«Ein paar Männer der romanischen Legion haben ein Lager überfallen», antwortete ich und biss mir vor Schmerz auf die Lippen.

«Ich besorge dir jetzt Kamillenblüten und bereite dir dann einen Wickel vor.»

Ich lehnte mich an einen Baum und sank langsam zu Boden. Als Birk zurückkam, kochte er Wasser auf und fügte die Blüten hinzu.

«Kamille ist antibakteriell, entzündungshemmend und lässt die Wunde schneller heilen.»

Er riss ein Stück seines Hemdes ab und tauchte es in das Kamillenwasser. Dann riss er noch ein Stück Stoff ab und steckte es mir in den Mund. Er sah mich an und ich nickte, dann zog er den Ast heraus. Ich schrie und trat vor Schmerz zurück.

Als ich nach ein paar Minuten wieder zu mir kam, sprach Birk.

«Ich reinige deine Wunde und dann verbinde ich sie mit einem Druckverband, das sollte die Blutung stoppen. Du hattest echt Glück, ein paar Zentimeter nach links und es hätte deine Arterie erwischt!»

Ich nickte, verstand jedoch nur jedes zweite Wort und schloss wieder meine Augen.

Einige Zeit später brachte mir Birk einen Tee.

«Das ist Hagebutte, sie enthält viel Vitamin C und Mineralien. Sie ist sehr vielseitig, weil man alle Pflanzenteile essen kann. Die Hagebutte gehört zur Familie der Wildrosen, ihre Früchte kann man noch im Winter sammeln. Es beruhigt deine Nerven und wirkt stressmindernd.»

«Birk, bitte rede nicht so viel.»

Ich nahm den Tee mit verzerrtem Gesichtsausdruck an mich.

«Du bist nicht du, wenn du Schmerzen hast.»

Ich sah ihn mit einem ratlosen Blick an und im selben Moment hörte ich, wie Irmelin anfing zu lachen. Daraufhin musste ich auch lachen, obwohl der Schmerz durch meinen ganzen Körper schoss.

«Immerhin habe ich dich zum Lachen gebracht», lächelte Birk.

Ich drückte Birks Gesicht mit meiner Hand von mir weg.

«Du bist ein Holzkopf», lachte ich weiter.

Irmelin und Birk schlugen ein Lager auf, bis ich wieder in der Lage war zu reiten.

In der Zwischenzeit sammelte Birk ein paar Heilpflanzen und Irmelin badete sich im Bach. Am Abend saßen wir zusammen am Feuer und erzählten uns Geschichten.

Nach zwei Tagen war die Wunde zwar noch nicht ganz verheilt, aber ich konnte mich wieder auf mein Pferd setzen. Wir ritten weiter nach Westen.

«Birk, sieh mal einen Haselnussbaum, kannst du mir etwas über seine Bedeutung erzählen?»

«Du bist wieder die alte Amei», lächelte Irmelin mich an, woraufhin ich den Kopf schüttelte und schmunzeln musste.

«Schön, dass es dir wieder besser geht, Amei. Man erzählt sich, dass die Haselnuss den Menschen widerspiegelt. Die Schale ist das Körperliche und der Kern die göttliche Seele. Sie steht für Licht und Wachsamkeit. Sie ist blutstillend, fiebersenkend, gefäßverengend und blutreinigend.»

«Und was ist mit dieser Eiche dort?», zeigte ich mit meinem Finger.

Birk lächelte vergnügt.

«Die Eiche wird als heiliger Baum verehrt und symbolisiert Beharrlichkeit im Göttlichen, insbesondere durch den Donnergott Donar. Sie steht auch für Unsterblichkeit, Sieg und
Heldentum. In der Heilkunde wird die Rinde der Eiche aufgrund ihrer zusammenziehenden Wirkung auf Haut und Schleimhaut verwendet. Ein Bad mit Eichenrinde kann bei Juckreiz und leichten Hautbeschwerden helfen. Der Tee aus Eichenrinde kann gegen Durchfall wirksam sein, der durch Bakterien oder Viren verursacht wurde. Allerdings ist der Geschmack des Tees nicht besonders angenehm.

«Nicht schon wieder so ein Tee, Birk.»

Irmelin und ich mussten laut loslachen.

«Und was hat die Kiefer auf sich?», fragte ich Birk mit Tränen in den Augen.

«Die Kiefer symbolisiert Unsterblichkeit und Lebenskraft. Sie ist ein Baum, der überall wachsen kann und den Schwachen Kraft gibt. Die Kiefer ist der älteste Baum im Land. Aus ihr können Bernstein und Medizin hergestellt werden. Sie ist hilfreich bei der Behandlung von Bronchitis, Durchblutungsstörungen, Nervosität und Schlaflosigkeit. Aus den Nadeln und der Rinde der Kiefer kann ein Tee zubereitet werden. Das Harz der Kiefer ist ein äußerst wirksames Heilmittel.»

«Faszinierend, Birk, und wenn wir schon dabei sind, was ist mit der Tanne?»

«Die Tanne symbolisiert Hoffnung. Das Öl und Harz des Baumes besitzen reinigende und heilende Eigenschaften für Wunden. Es kann bei Frühjahrsmüdigkeit, Gelenkentzündungen und Grippe helfen. Die Verwendung von Tannenzweigen dient dazu, das Böse abzuwehren und vor Unheil zu schützen. Tannen können ein beeindruckendes Alter von bis zu 600 Jahren erreichen und eine Höhe von 70 Metern erlangen.»

«Amei, sieh dort, ein Apfelbaum. Er steht für die Liebe, Fruchtbarkeit, Weisheit, Ewigkeit und Kraft.»

Wir pflückten ein paar Äpfel und teilten sie mit unseren Pferden. Der optimale Genuss einer Frucht erfolgt, indem man sie direkt vom Baum pflückt und sofort verzehrt. In diesem Zustand sind sie besonders nährstoffreich und geschmacksintensiv.

«Seht ihr den Rauch am Himmel? Ist er schwarz, brennt das Feuer. Ist er weiß, erlischt es. Nehmt euch in Acht, wir wissen nicht, ob es Freunde oder Feinde sind», sprach ich angespannt.

Wir umritten das Feuer in einem weiten Bogen, in der Hoffnung, dass wir sicher waren. Doch plötzlich vernahmen wir die Stimmen einiger Männer.

«Eindringlinge, holt sie euch!»

Wir galoppierten, ohne groß nachzudenken, los, über eine Waldwiese und sprangen über einen Bach. Als wir einen größeren Vorsprung hatten, hielt ich an und sprach mit aufgeregter Stimme.

«Irmelin, Birk, wir müssen uns aufteilen. Ihr flieht zu den Helvetios, ich lenke sie ab und reite Richtung Romania.»

«Amei, dann reite Oraya, sie hat mehr Ausdauer und ist schneller.»

Irmelin sah mich mit einem ängstlichen Blick an. Um sie etwas zu beruhigen, willigte ich ein.

«Reitet schon los, sie kommen!»

Ich sah zu den Männern und dann wieder zu Irmelin und Birk, jedoch sah ich nur noch ihren Staub in der Luft. Ich wartete noch einen Moment, bis mich die Männer sahen und mir folgen würden.

«Hallo, hier bin ich!», rief ich, während sie bereits auf mich schossen.

«Schneller, Oraya!»

Mit zurückgelegten Ohren stürmte sie voran, so schnell, dass es schien, als würden wir über dem Boden schweben. Ihre Nüstern arbeiteten auf Hochtouren und wir erreichten eine derartige Geschwindigkeit, dass mir Tränen über die Wangen liefen. Während wir den steilen Berg hinauf galoppierten, konnten wir unseren Vorsprung ausbauen. Doch auf einem schmalen, steilen Pfad bemerkte ich, dass etwas nicht stimmte, und plötzlich schlug Oraya mit voller Wucht aus.

Die Tänzerin des Windes

Ich stürzte vom Pferd und verlor für kurze Zeit das Bewusstsein. Als ich wieder zu mir kam, hörte ich einen schrecklichen Schrei von Oraya. In diesem Moment wusste ich, dass sie die Felswand hinunterstürzte. Ich versuchte mich zu orientieren, doch dann verlor ich erneut das Bewusstsein. Als ich meine Augen wieder öffnete, fühlte ich mich übel und alles drehte sich. Mein rechter Arm war verletzt und meine Wunde am Bein hatte sich geöffnet. Alo stupste mich mit seiner Nase an und ich erhob mich, um den steilen Weg hinunterzulaufen. Schließlich fand ich Oraya leblos im Wald. Ich war schockiert und konnte es nicht fassen. Ich hörte die Männer näherkommen. Schritt für Schritt ging ich den steilen Wald hinunter, bis ich vor Oraya stand. Es war ein schrecklicher Anblick und ich konnte nicht aufhören zu weinen. Ich legte mich über ihren Körper, schrie aus tiefstem Herzen. Der Schmerz zerriss mein Herz. Ihr Genick war gebrochen. Einerseits war ich dankbar, dass sie nicht leiden musste und es schnell vorbei war. Alo legte sich zu mir. Die Männer sahen von oben zu uns hinunter und gingen dann zurück, vermutlich in dem Glauben, dass ich schwer verletzt war und nicht überleben würde. Es ist schwer, meine Gefühle in diesem Moment zu beschreiben, es tat einfach unendlich weh. Stundenlang lag ich über Oraya und weinte. Das Tageslicht schwand und die Dunkelheit breitete sich aus. Mein Körper zitterte vor Kälte, aber ich wollte Oraya nicht verlassen. Vor Erschöpfung kämpfte ich mit meinen Augen. Ich begann ein Lied zu singen, damit ich nicht einschlief.

«In den Winden tanze ich frei,
Sanft getragen, wie ein Schmetterling dabei.
Schnell wie ein Sturm, voller Kraft und Glut,
Die Hitze des Feuers, die in mir ruht.

Mein Galopp ist von ästhetischer Pracht,
Wie ein Engel mit Flügeln, die mich tragen in der Nacht.
Meine Augen leuchten klar und hell,
Wie der funkelnde Sternenhimmel, so schnell.

Mein Herz ist rein, wie ein Diamant so klar,
Voller Liebe und Freude, immerdar.
Wenn ich lausche, wird mir vieles klar,
Die Melodie des Lebens, die mich umgibt, wunderbar.

In meinem Lied erzähle ich von Freiheit und Glück,
Von der Schönheit der Natur, die mich beglückt.
Von der Liebe, die uns alle verbindet,
Von der Hoffnung, die uns immer wieder findet.

So tanze ich im Wind, voller Anmut und Licht,
Ein Lied der Freude, das die Herzen erhellt und bricht.
Lasst uns gemeinsam singen und tanzen im Wind,
Die Magie des Lebens spüren, die uns verbindet geschwind.»

Als ich verstummte, rollte eine Träne über meine Wange und fiel auf Orayas kalten Körper. Ich fühlte mich unendlich schuldig. Zwei Monde lang blieb ich bei ihr, bis ich vor Erschöpfung einschlief. In meinem Traum sah ich Oraya fröhlich auf einer gelben Blumenwiese stehen. Als sie mich bemerkte, tanzte sie leichtfüßig umher und schwenkte elegant ihren Kopf. Ihre liebevollen, braunen Augen strahlten. Jeder konnte sehen, dass sie einen sanften Charakter besaß. Sie galoppierte langsam auf mich zu und blieb vor mir stehen und schnaubte vor Freude. Ich spürte ihren warmen Atem in meinem Gesicht. Sie neigte ihren Kopf, damit ich meine Stirn an sie lehnen konnte. In diesem flüchtigen Moment fühlten wir uns verbunden. Ich spürte, dass sie nicht wollte, dass ich traurig bin. Sie wollte, dass ich mich mit ihr freue, dass sie nun frei ist. Sie wollte mir zeigen, dass wir für immer miteinander verbunden sind. Sie vergab mir und ließ mich spüren, dass es nicht meine Schuld war. Sie wollte, dass ich verstehe, dass es ihr Schicksal war. Also ließ ich sie los. Sie berührte sanft meine Wangen mit ihren Nüstern, als ob sie sich dafür bedankte, dass ich sie nicht festhielt. Dann drehte sie sich um und galoppierte davon. Sie verschmolz mit dem Wind und der Traum verschwand. Ich öffnete meine Augen und dachte nach. Wir haben sie verloren, aber sie wird für immer in unseren Herzen sein, mit den Erinnerungen, die sie uns hinterlassen hat. Wie oft sind wir im Galopp fast mit einem Reh zusammengestoßen, das uns den Weg überquerte. Sie war eine Bereicherung für unseren Stamm, denn sie brachte uns oft zum Lachen mit ihrer Lebensfreude. Manchmal war sie nervös, aber man musste ihr nur zeigen, dass es keinen Grund dazu gab. Ich nannte sie immer Bambo, weil sie mich an eine Geschichte von einem tollpatschigen Reh erinnerte, von dem mir meine Mutter einmal erzählte. Oraya hatte ein großes Herz, nahm Rücksicht auf andere und wollte einem immer gefallen. Ich nahm mein Amulett ab und legte es auf sie.

«Ich möchte dir meine Dankbarkeit aussprechen, dass du in unser Leben getreten bist und zu einer wertvollen Freundin für mich geworden bist.» Unser Stamm hat großen Respekt vor dem Leben in all seinen Formen, denn alles, was lebt, ist göttlich. Ich nahm ihr die Satteltasche ab und begleitete Alo den Wald hinauf. Als wir oben ankamen, konnte ich den Schmerz nicht mehr ertragen. Meine Wunde an meinem Bein sah schrecklich aus. Humpelnd ging ich durch den Wald, bis ich einen Zedernbaum fand.

Die Heiligen Bäume

Der Baum der Könige, ein Symbol von Erhabenheit und Stärke, ist die
Zeder. Dieser kräftige und wohlriechende Baum steht für Gesundheit,
Widerstandsfähigkeit und Energie. Das Öl der Zeder wird zur Wundheilung
verwendet und ihr Harz und Öl sind hilfreich bei Erschöpfung,
Verstauchungen und Prellungen. Zedernbäume können ein Alter von 100-
800 Jahren erreichen und bis zu 40 Meter hoch wachsen. Es wird gesagt,
dass man das Zittern des Baumes hören kann, bevor er stirbt, wenn die
jahrelang gesammelte Energie entweicht.
Ich sammelte die Zedernnüsse, bis meine Tasche voll war, und setzte
meinen Weg fort. Die Dämmerung brach herein und mit meinem verletzten
Bein und dem schweren Gewicht war ich nicht besonders schnell. Ich
schaute mich um und entdeckte eine Birke.
«Perfekt», flüsterte ich leise.
Die Birke ist ein ausgezeichnetes Brennholz und symbolisiert seelisches
Wachstum und Besinnlichkeit. Sie steht für den Kreislauf des Lebens,
Werden, Sein und Vergehen. Die Birke hat eine blutreinigende Wirkung und
man verwendet ihren Saft, ihre Knospen und Blätter.
Ich sammelte ein paar Birkenäste ein und entfachte ein Feuer, das mich in
der Nacht vor wilden Tieren schützen wird. Mit Alo saß ich neben dem
Feuer und genoss die Zedernnüsse, bevor ich mich zum Schlafen hinlegte.
Ich wurde von den ersten Sonnenstrahlen begrüßt, die das Land erblickten.
Müde packte ich meine Tasche zusammen und zog weiter. Mitten im Wald
hörte ich Bienen und folgte mit meinen Augen dem Geräusch nach oben.
«Ein Bienennest, ich kann es nicht glauben.»
Ein Gefühl von Glück durchströmte meinen Körper wie ein warmer Fluss.
Ich nahm einen langen Ast, stach Blätter darauf und strich Harz darum.
Dann nahm ich meine beiden Feuersteine und rieb sie so lange
aneinander, bis der Funke auf das Harz sprang und zu rauchen begann.
Vorsichtig pustete ich, bis das Feuer entfachte. Um den Bienenschwarm zu
betäuben und einen Angriff zu verhindern. Ich schlug das Nest herunter.
Bevor der Schwarm mich verfolgen konnte, nahm ich das Nest und
verschwand im Wald. Wir liefen einer Lichtung entlang, bis ich einen
kleinen See entdeckte. Dort stand ein Pappelbaum, der die Verbindung
zwischen Erde und Himmel symbolisiert. Pappeln wachsen gerne entlang

von Wasserläufen und auf Ebenen. Sie bieten Schutz vor Überschwemmungen und starken Stürmen und bewahren so die Felder und ihre Früchte. Sie helfen bei Entzündungen, Schmerzen, leichten Verbrennungen und Übelkeit.

Ich zog mich vollständig aus und sprang in das Wasser, das etwas kühl, aber angenehm war. Nach dem Baden legte ich mich ins hohe Gras und ließ die Sonnenstrahlen mich trocknen. Der Schatten einer Weide spielte auf meinem Körper. Die Weide steht für frohe Botschaft. Dieser Baum nimmt die Tränen anderer auf und spendet Trost. Wir glauben daran, dass dieser heilige Baum die Krankheit eines Menschen aufnimmt und sie vernichtet.

Die Weide symbolisiert Lebensfreude und gute Nachrichten und nimmt das Leid der Leidenden auf sich. Sie besitzt Entzündungshemmende und fiebersenkende Eigenschaften. Die Rinde oder die Blätter werden für Tee oder Bäder verwendet. Ich nahm das Bienennest hervor und genoss etwas Honig. Ich liebe Honig, er ist wie flüssiges Gold. Honig ist antibakteriell, entzündungshemmend und hilft bei Wunden und Verbrennungen.

Ich hörte viele Libellen um den See herumschwirren. Libellen gehören zu den Krafttieren. Sie sind Wesen der Traumzeit und erinnern uns mit ihrer Farbpracht an die kraftvolle Magie. Es wird von einigen Druiden erzählt, dass sie einst Drachen waren. Sie symbolisieren Veränderung, Weisheit und Erleuchtung. Es wird gesagt, dass sie aus den vier Elementen entstehen und uns zeigen, welche Gewohnheiten wir haben und wie wir sie ändern können.

Ich teilte das Bienennest in zwei Teile und trug den Honig auf meine Wunde auf. Dann verband ich die Wunde mit einem sauberen Stoffstück, zog meine Kleidung an und ließ den Rest des Honigs den Waldtieren.

Alo und ich setzten unseren Weg durch den Wald fort, bis wir an einen heiligen Ort kamen. Eine verbrannte Körperhülle lag auf einem Steinhaufen. Wir verbrennen die Körper aus Respekt und aus Angst, dass ihre Seelen aus dem Jenseits zurückkehren und uns Unheil bringen könnten.

«Komm, Alo, lass uns schnell weitergehen!»

Wir kamen nicht weit, bis ich vor Erschöpfung zusammenbrach. Ich sammelte meine letzten Kräfte, um ein Lagerfeuer zu entfachen und mich auszuruhen. Mit müden Augen beobachtete ich den Sonnenuntergang, während Alo seinen Kopf auf mein Bein legte und ich sanft über sein weiches Fell strich. Der Himmel präsentierte ein harmonisches Farbspiel. Rot steht für Leidenschaft, Gnade, Willenskraft, Stolz und Mut. Es stärkt die

Atmung und den Stoffwechsel. Orange steht für Glück, Sicherheit und Loyalität. Es regt den Appetit an und wirkt positiv auf das Verdauungssystem. Gelb steht für Freude, Freiheit, Freundlichkeit und Optimismus. Gelb regt den Humor an und fördert die geistige Aktivität. Druiden tragen oft lila farbene Kleidung, da diese Farbe für Wahrheit, Kraft, Weisheit, Intuition, Inspiration und Magie steht. Sie fördert auch das Denkvermögen. Blau symbolisiert Vertrauen, Verständnis und Empathie. Es beruhigt den Geist und erhöht die Konzentration. Grün hat eine heilende und beruhigende Wirkung, es steht für Gesundheit, Harmonie und Entwicklung. Rosa steht für Liebe, Fantasie, Sorglosigkeit und Kreativität. Es wirkt beruhigend auf die Psyche und lindert Schmerzen. Schwarz symbolisiert Macht, setzt Grenzen und absorbiert alle anderen Farben. Weiß hingegen besitzt absolute Reflexionskraft und steht für Zärtlichkeit. Farben sind nicht nur schön anzusehen, sondern können auch an bestimmten Körperstellen heilende Wirkung haben.

Der Tag endete, die Sterne schmückten den Himmel und ich schlief ein. Ich verschlief den ganzen Morgen, bis mich eine zornige Männerstimme aus dem Schlaf riss.

«Hörst du das?», fragte ich Alo und rieb mir die Augen.

Meine Neugier ließ mich nicht los, also folgte ich der Stimme, bis ich die Ursache der Unruhe fand.

Ein Mann hob seinen Wolfshund an der Kehle und schüttelte ihn vor Zorn. Es war ein Romanischer Krieger.

«Sind Sie wahnsinnig? Lassen Sie ihn sofort los!», rief ich mit wütender Stimme und lief auf den Mann zu.

«Das hast du nicht zu bestimmen.»

Unerwartet schlug ich ihm in den Bauch, und der Mann ließ den Wolf los. Ich nahm dem Wolf das Seil um seinen Hals ab und legte es um den Hals des Mannes.

Ich zog am Seil, bis der Mann schrie.

«Du dreckiges Weib, was soll das?», versuchte er sich zu befreien, daraufhin zog ich die Schlinge noch enger.

«Sie haben kein Recht, ihn so zu behandeln!»

«Es ist nicht dein Wolf», erwiderte er.

«Nein, aber auch nicht Ihrer, nur weil Sie dies entschieden haben.»

Ich war fest davon überzeugt, dass die Wahl eines Wegbegleiters nicht allein in der Hand des Menschen liegt, sondern dass das Tier ebenfalls eine Entscheidung treffen muss, um eine starke Bindung aufzubauen. Gewalt und Angst sollten nicht verwendet werden, um eine Verbindung zu einem Tier herzustellen. Stattdessen sollte man eine konsequente, aber faire Kommunikation entwickeln. Es ist wichtig, eine klare Vorstellung davon zu haben, was man von seinem Tier erwartet, jedoch ohne Gewalt. Um ein Tier zu verstehen, muss man lernen, auf seine Art zu denken und seine Körpersprache zu interpretieren. Es wäre absurd, einem Tier Kleidung anzuziehen und es wie ein eigenes Kind zu behandeln. Stattdessen sollte man dem Tier Respekt und Achtung entgegenbringen, ihm zuhören und lernen, es zu verstehen. Genau das erwartet man doch auch von seinem Tier, oder? Setze dich hin und beobachte die Tiere, versuche zu verstehen und lerne, wie sie miteinander interagieren. Tiere sind nicht immer sanft zueinander, aber sie empfinden auch Gefühle wie Trauer, Schmerz, Zuneigung, Freude und Angst.

«Du kleine Hure, soll ich dich in den Kerker sperren!»

Ich schwieg und gab kein Wort von mir, da unser Volk von den Romanis unterdrückt wird. Das war nicht immer der Fall. Er griff nach seinem Schwert, aber plötzlich sprang sein Wolf auf ihn zu und zerriss ihn, in Stücke.

«Merk dir eins für dein nächstes Leben, so wie du ihm, so er dir.»

Ich drehte mich von ihm weg und machte mich auf den Weg. Als wir uns auf einem hohen Berg befanden, blickte ich hinunter ins Tal und entdeckte einen Waldbrand. Es war offensichtlich, dass dieser von einem Menschen gelegt worden war. Natürliche Waldbrände sind keine Katastrophe, sondern Teil des natürlichen Regenerationsprozesses der Natur. Die Asche, die dabei entsteht, ist sehr nährstoffreich für den Waldboden und schafft neues fruchtbares Land. Es ist wichtig, sich bewusst zu sein, dass die Natur weiß, wie sie handeln muss. Ich wandte meinen Blick ab und setzte meinen Weg mit Alo nach Südwesten fort, in der Hoffnung, Irmelin und Birk zu finden. Die Sonne zog über den Himmel, und die Wolken lösten sich auf. Der kräftige Wind ließ mich an meine Heimat erinnern.

«In den Bergen, wo die Blumen blühen,
Wo der Duft der Natur in der Luft liegt,
Dort fand ich mein Zuhause, mein Glück,
Ein Ort, der mich immer wieder entzückt.

Die Berge rufen laut nach mir,
Ich spüre ihre Energie, sie ist hier,
Die Sonne strahlt auf meine Haut,
Ich fühle mich lebendig, stark und vertraut.

Die Tiere des Waldes begleiten mich,
Mit ihren Liedern und ihrem Geschick,
Gemeinsam tanzen wir im Sonnenlicht,
Ein wunderbares Gefühl, das mich beglückt.

Die Bäume rauschen im sanften Wind,
Sie flüstern mir Geheimnisse, die ich find',
Die Ruhe und Stille umhüllen mich,
In diesem Moment bin ich frei, ich bin ich.

Die Blumen blühen in allen Farben,
Sie zaubern ein Lächeln auf meine Lippen,
Die Natur ist meine Inspiration,
In diesem Bergparadies, meiner Kreation.

Ich singe mein Lied der Freude und Liebe,
In den Bergen, wo ich mein Glück gefunden habe,
Hier bin ich zuhause, hier bin ich frei.»

Während ich mein Lied sang, brachen dunkle Wolken am Himmel auf. Der Wind wurde zu einem Sturm und es regnete stark. Blitze erhellten für einen Moment den schwarzen Himmel.

«Komm, Alo!»

Wir rannten in den Wald und suchten Schutz unter einem Vorsprung. Es war dunkel, ich wusste nicht, ob es noch Tag war oder die Nacht bereits hereingebrochen ist.

Als sich die Wolken wieder auflösten, war es bereits Morgen. Ich hatte die ganze Nacht nicht schlafen können, denn ich fühlte mich schrecklich. Ich hatte Gliederschmerzen und Schüttelfrost.

«Wir müssen weitergehen.»

Ich holte meinen blauen Wollmantel aus der Tasche und zog ihn an. Ich wollte keine Zeit verlieren, denn mein Zustand bereitete mir große Sorgen. Wir liefen weiter, bis die ersten Schneetänzer vom Himmel fielen. Ich streckte meine Hand aus und eine Schneeflocke landete sanft auf meiner Handfläche und schmolz zu einem kleinen Wassertropfen.

«Der Winter ist schneller gekommen als erwartet.»

Ich lief weiter, bis meine Füße anfingen zu bluten, da meine Schuhsohlen abgelaufen waren. Schweißperlen liefen mir über die Stirn. Mit verschwommenem Blick sah ich, wie Alo vor mir lief.

«Alo, ich kann nicht mehr», sagte ich und brach vor Erschöpfung zusammen. Alo stupste mit seiner kleinen Nase meine Wange an. Die Schneeflocken bedeckten das ganze Land in kürzester Zeit. Mein Fieber war so hoch, dass ich bereits Wahnvorstellungen hatte. Ich sah meine Freunde.

Ich fing an zu weinen und entschuldigte mich.

«Ich habe es nicht geschafft», flüsterte ich immer wieder leise vor mich hin.

Die Fremde

Ich hörte ein Feuer knistern, roch Salbei, Ingwer und Kamille. Ich öffnete meine Augen und sah immer noch alles verschwommen.

«Irmelin, bist du es?»

«Nein, mein Kind, ich heiße Enya, Wasser des Lebens.»

Neben mir vernahm ich eine zarte und melodische Stimme. Das Bett, auf dem ich lag, war äußerst bequem und angenehm.

«Enya, worauf liege ich?», fragte ich die Fremde und tastete mit meinen Fingern die Umgebung ab.

«Du ruhst auf einem Bett aus Rotbuchenblättern. Diese Blätter gehören zu den ersten Bäumen und werden oft als Beschützer des Lebens oder als Mutter des Waldes bezeichnet. Sie symbolisieren Mut, Kraft und Leben. Unter ihrer lockeren Laubschutzdecke sprießen zahlreiche Pflanzenarten auf dem Waldboden. Zusätzlich werden sie auch als Heilpflanze verwendet, um Keime abzutöten, das Gewebe und die Blutgefäße zusammenzuziehen und Fieber zu senken.»

So ein Wissen kann nur...

«Sind Sie eine Druidin?», fragte ich hektisch.

«Ja, mein Kind, das bin ich.»

Enya erzählte mir, dass mein Körper und Geist in einer Art Schockstarre verharrten. Ich war unglaublich dankbar, dass sie mich gefunden hatte, denn ohne ihr Wissen hätte ich wahrscheinlich nicht überlebt. Ich schlief ein und als ich wieder erwachte, war Enya nicht mehr bei mir. Nachdenklich lag ich in meinem Bett aus Rotbuchenblättern und starrte zur Decke. Es war eine Erleichterung, wieder etwas sehen zu können, denn ohne mein Sehvermögen fühlte ich mich verletzlich. Ich hörte leise Schritte auf mich zukommen und daraufhin vernahm ich erneut diese sanfte Stimme.

«Hallo meine Liebe, wie geht es dir? Ich war nur kurz draußen Holz holen.»

«Enya, wie viele Tage liege ich schon in diesem Bett?»

Ich fragte sie und konnte einen Blick aus der Tür erhaschen, durch die sie hereinkam. Ich sah, wie der Winter über das Land zog und es in ein märchenhaftes Bild verwandelte.

«Ich schätze, einige Tage, mein Kind», erwiderte sie.

Nachdem sie die Tür geschlossen hatte, fiel mein Blick zuerst auf ihr langes weißes Haar, das ihr freundliches Gesicht umrahmte. Als sie näherkam, konnte ich in ihre strahlend hellbraunen Augen blicken. Man konnte ihre positive Energie spüren, denn ich fühlte mich sofort wohl in ihrer Gegenwart.

Mir fiel auf, dass Enya einen Malachit-Stein um den Hals trug. Dieser Stein soll die Wahrnehmung und Konzentration steigern und uns dabei helfen, an Herausforderungen zu wachsen. Ihre Halskette war mit dem Awen-Symbol verziert, das den Ausgleich zwischen männlich und weiblich repräsentiert. Es besteht aus drei vertikalen Strahlen, wobei der rechte Strahl für das Männliche steht, der linke für das Weibliche und der in der Mitte den Ausgleich symbolisiert. Es verkörpert die Balance und das Gleichgewicht der Geschlechter.

Plötzlich kam Alo angerannt und sprang vor Freude auf mein Bett. Er leckte mich ausgelassen im ganzen Gesicht ab.

«Hallo, mein Freund», sprach ich und streichelte ihn wild über seinen Kopf und sah ihm dabei in seine zweifarbigen Augen.

«Ich suche meine Freunde. Ich habe sie verloren, als ich...»

Brach ich ab und wandte meinen Blick von ihr.

«Deine Freunde gingen Wasser holen, sie kommen bald zurück.»

Ich sah sie mit großen Augen an, als hätte ich einen Geist gesehen.

«Wirklich?», musste ich zur Sicherheit noch einmal nachfragen.

«Ja», antwortete sie noch einmal mit einem sanften Lächeln.

Als die Dämmerung hereinbrach, saß ich mit Enya an der Tafel und wir aßen zusammen Suppe.

«Erzähl mir deine Geschichte, Amei.»

Während sie ihre Lippen spitzte und den Löffel mit der heißen Suppe abkühlte, fragte sie mich.

«Ich habe keine besondere Geschichte. Ich bin eine Jägerin der Aleman und da hört die Geschichte auf.»

«Dann hast du bestimmt Juna, die Blühende gekannt», führte sie das Gespräch weiter und mich traf es wie ein Blitz auf ihre Frage.

«Ja, sie war meine Mutter.»

«War?»

«Sie verschwand vor einigen Jahren.»

Für einen kurzen Moment starrte ich mit leerem Blick in meine Suppe.

«Juna war eine starke, selbstbewusste und weise Frau.»

«Wirklich?»

«Ja, sie war die rechte Hand von Fia. Deine Mutter war sehr begabt und gewann das Vertrauen des Stammes, die ihr daraufhin folgten.»

«Hast du eine Vermutung, wo sie sein könnte?», stellte ich ihr die Frage in der Hoffnung, dass sie die Antwort kannte.

«Ich kann dir die Frage nicht beantworten.»

«Keine Vermutung?», fragte ich hartnäckig nach, aber sie schüttelte nur den Kopf.

«Woher kanntest du sie?»

«Ich habe sie in die Welt der Heilkunst eingeführt. Deine Mutter hatte ein großes Wissen über das Leben.»

Ich war stolz auf ihre Worte und dachte an mein Schicksal, das mich jedoch besorgte.

«Wir müssen abreisen, sobald die Morgenstrahlen das Land berühren!»

«Ich rate dir, geduldig zu sein, da es viel Schnee gibt und es unmöglich ist, über die Berge zu gelangen. Außerdem musst du dich noch erholen, da du bisher nicht vollständig gesund bist. In etwa einem Monat wird der Frühling zurückkehren. Ihr seid herzlich eingeladen, bis dahin bei mir zu bleiben und mich bei meiner Arbeit zu unterstützen.»

Nachdem ich einen Moment darüber nachgedacht hatte, kam ich zu dem Entschluss, dass Enya recht hatte. Ich nickte zustimmend.

«Danke.»

Ein Lächeln breitete sich auf ihrem Gesicht aus, als plötzlich die Tür aufging und mit einem kalten Windstoß lachende Stimmen in den Raum drangen.

«Amei!», rief Irmelin und nahm mich fest in den Arm.

«Wo warst du?», fragte sie mich und umarmte mich erneut.

«Den Göttern sei Dank», fiel mir ein Stein vom Herzen und ich schloss sie in meine Arme.

«Was ist mit dir passiert? Haben die Männer dich verletzt? Wo warst du so lange und wo ist Oraya, ich habe sie nicht gesehen.»

Vor Schuld wandte ich meinen Blick von ihr, holte tief Luft und sah ihr wieder in ihre Augen.

«Oraya ist tot.»

«Wie?», Ihr Blick erstarrte, während sie meine Worte in ihrem Geist wiederholte. Plötzlich rollte eine Träne über ihre Wange.

«Es war ein Unfall.»

Nicht nur eine einzelne Träne bahnte sich ihren Weg über ihre Wangen, sondern es schien, als würde ein ganzer Fluss von Tränen über ihr Gesicht fließen. Irmelin umarmte mich erneut und hielt mich fest.

Wir saßen alle zusammen am Tisch und ich erzählte ihr die gesamte Geschichte. Kurz darauf sprach Irmelin ihr erstes Wort zu diesem Ereignis.

«Du hattest Glück, Amei», sprach sie mit trauriger Stimme.

Die Schuldgefühle überwältigten mich und ich fühlte mich gezwungen, aus dieser Situation zu fliehen.

«Ich bin müde, ich lege mich ein wenig hin.»

Ich stand auf und verließ eilig die Küche. Alo begleitete mich und gemeinsam gingen wir aus der Hütte zu den Pferden.

«Hallo Nara, meine Schöne!», flüsterte ich ihr ins Ohr und strich mit meiner Handfläche über ihre Stirn.

«Ich habe dich vermisst!»

Ich sprang auf ihren Rücken und legte mich auf ihren und beobachtete die Sterne. Ich erzählte ihr von Oraya.

Nach einer Weile stieg ich wieder ab, verabschiedete mich von ihr und lief zurück in die Hütte. Ich fühlte mich etwas besser.

Sanft legte ich mich vor den Kamin auf den Boden und schlief ein. Die Nacht kam mir endlos lang vor und ich erwachte früh am Morgen, um mit Alo aus dem Haus zu gehen.

Wir liefen durch den Wald und die Morgendämmerung brach an. Plötzlich hörte ich galoppierende Pferde auf uns zukommen. Zwei Pferde rasten knapp an mir vorbei.

«Beim Blitz von Donar!», rief ich ihnen hinterher.

Sie wurden langsamer, wendeten und kamen auf mich zu.

«Wie war das?», sprach einer der beiden Männer.

«Donar ist der Gott des Gewitters. Er beschützt die Menschen und bringt den Regen über unser Land», erwiderte ich und fixierte ihn mit einem durchdringenden Blick.

Einer der Männer hatte dunkelbraune Augen, braunschwarzes Haar und kräftige, breite Schultern. Sie trugen beide einen Umhang im romanischen Stil.

«Komm mit uns, wir bringen dich nach Hause.»

Ist er von allen guten Geistern verlassen? Fragte ich mich und sah ihn misstrauisch an. Ich zögerte einen Moment.

«Na gut», erwiderte ich seine Worte mit einem verborgenen Gedanken. Ich lief zu dem Mann mit den braunen Augen. Sein Pferd war von pechschwarzer Farbe und ein wahrhaft wunderschönes Geschöpf. Er streckte mir seine Hand entgegen. Doch als er versuchte, mich hochzuziehen, ließ ich mein gesamtes Gewicht zu Boden fallen, sodass er vom Pferd stürzte. Schnell stieg ich auf, nahm die Zügel in meine Hände und galoppierte davon. Alo folgte mir wie ein Schatten.

Plötzlich erschrak ich, als ich Enya und Irmelin sah, die um die Kurve kamen. Ich verlagerte mein Gewicht nach hinten, saß tief im Sattel und zog an den Zügeln.

«HOO!»

Das Pferd bremste mit allen vier Hufen und zog eine Spur in die Erde.

«Amei, warum so stürmisch?», fragte mich Enya.

«Und woher hast du dieses Pferd?» fügte Irmelin hinzu.

«Ein paar Romanis verfolgen mich, gib mir deinen Dolch!»

Ich stieg vom Pferd und griff nach Irmelins Dolch, während die Romanis auf uns zukamen.

«Was sollte das?», rief einer der Männer und ich stellte mich vor Enya und Irmelin. Als die Männer näherkamen, begann Irmelin laut zu lachen.

«Amei, das sind keine Romanis, es ist mein Verlobter Alvar.»

«Das ist der Prinz von Helvetios?», sah ich sie mit einem erstaunten Blick an.

«Und sein Kriegsmann Einar, so nebenbei», sprach der Mann mit den braunen Augen und strich sich dabei mit einer Hand durch sein Haar.

Ich hob eine Augenbraue hoch und betrachtete ihn von oben bis unten.

«Komm, gehen wir zur Hütte, dann erkläre ich dir alles in Ruhe.»

Irmelin nahm mir den Dolch ab und strich mir über die Wange.

Wir liefen zurück und als wir bei der Hütte ankamen, legte Enya Tee auf.

«Nachdem wir uns getrennt hatten, ritten Birk und ich zu den Helvetios. Ich berichtete ihnen von unserem Auftrag und Alvar und Einar bestanden darauf, uns auf unserer Suche nach dir zu begleiten.»

«Von unserem Auftrag?», sah ich Irmelin wortlos an und ergänzte.

«Irmelin, du kannst nicht mit nach Romani kommen!»

«Warum nicht?»

«Irmelin, als Prinzessin der Aleman und er als Prinz von Helvetios seid ihr eine leichte Beute. Es besteht die Gefahr, dass sie euch gefangen nehmen und als Druckmittel gegen unsere Stämme einsetzen könnten.»

Einar stellte seine Tasse auf den Tisch und mischte sich ein.

«Da hat sie recht, es ist zu riskant! Außerdem müsst ihr unsere Stämme führen. Alvar und Irmelin, in drei Wochen müsst ihr

Zurück zu unseren Stämmen und Ihnen erzählen, dass wir noch mehr Zeit brauchen.»

Einars Blick wandte sich mir zu und mir wurde ganz warm, dieses Gefühl kannte ich bisher nicht.

«Zeit? Mein Vater hat keine Zeit, er will Krieg!», entgegnete Alvar.

«Alvar, sprich mit deinem Vater, das ist keine Bitte, sondern ein Befehl!»

Er sah mich wütend an.

«Ein Befehl? Wer denkst du, wer du bist, so mit mir zu sprechen und mir einen Befehl zu geben?»

«Es ist mir offen gesagt scheißegal, wer du bist, ob du nun eine Edelhure bist oder Julian selbst. Euer Verderben ist unser Verderben und ich lasse meinen Stamm nicht in einen Krieg ziehen, den irgendwelche Vollidioten unüberlegt geplant haben!»

Alvar sah mich überrascht an, während Irmelin gleichzeitig nach meiner Hand griff und sie festdrückte. Es war, als wollte sie mir damit signalisieren, dass ich schweigen sollte. Tatsächlich meinte sie es genauso.

«Entschuldigt mich», sprach ich zu ihm, ohne meine Worte zu bedauern. Die Zeit wurde spät und wir begaben uns schlafen.

In meinen Träumen hatte ich eine düstere Vision. Alles war von den Flammen des Feuers umgeben, viele Menschen verloren ihr Leben und es gab keinen Gewinner.

«Amei, steh auf, wir gehen spazieren»,

Eine sanfte, liebliche Stimme sprach und weckte mich aus meinem düsteren Traum.

Ich rieb mir die Augen und kämpfte mich mühsam aus dem Bett. Enya reichte mir eine Tasse Tee und legte einige Kleider auf einen Stuhl in der Ecke des Zimmers.

«Zieh dich warm an, es liegt viel Schnee.»

Ich folgte ihr aufs Wort. Ich zog mich an, trank den Tee und lief zu Enya, die mir bereits die Tür aufhielt, und so liefen wir in die Dunkelheit.

«Wo gehen wir hin?», fragte ich neugierig und rieb mir die Hände vor Kälte.

«Das wirst du schon bald sehen», antwortete sie geheimnisvoll, während ihre Augen vor Aufregung glänzten.

Gemeinsam liefen wir durch den tiefen Schnee, durch den Wald und dann einen steilen Berg hinauf. Für mich fühlte es sich an wie Stunden. Meine Füße und Hände waren eiskalt. Ich versuchte immer wieder, sie zu öffnen und zu schließen, um die Durchblutung anzuregen. Als wir schließlich das letzte Stück hinaufstiegen, erblickte ich einen großen Baum. Unter diesem Baum entfachte Enya ein Feuer, das uns wärmte.

«Gibst du mir jetzt eine anständige Antwort. Was tun wir hier?», fragte ich noch einmal.

«Warte noch einen Moment», erwiderte sie und einen Augenblick später gab sie mir meine hochersehnte Antwort.

«Schau jetzt in den Himmel, Amei.»

Ich betrachtete den Himmel, wie er in allen Farben leuchtete.

«Enya, was ist das?», fragte ich sie und konnte meinen Blick nicht mehr abwenden.

«Das, meine Liebe, nennt man die Nordlichter.»

Ich sah ihnen mit voller Freude und Neugier zu, wie sie am Himmel umher tanzten.

«Wir sind davon überzeugt, dass dieses Licht den kürzlich Verstorbenen den Weg weist, sie durch die Dunkelheit führt
und ins Land des Lichts bringt. Ein anderer Stamm hingegen glaubt, dass die Lichter durch den Feuerfuchs entstehen. Dieser rennt so schnell über die Berge, dass seine Rute die Berge berührt und der Funke den Himmel erleuchtet.»

«Es ist wunderschön», sprach ich mit einem Funkeln in meinen Augen.

«Das ist es.»

Wir saßen stundenlang am Feuer und betrachteten den Himmel und sein Farbspiel. Mit jedem Atemzug genoss ich die Ruhe. Es fühlte sich fast so an, als wäre die Zeit stillgelegt.

«Amei, ich sehe deine Zukunft.»

Wandte Enya sich vom Himmel ab und richtete ihren Blick auf mich.

«Und wie sieht diese aus?», erwiderte ich und hauchte mir in meine kalten Hände.

«Es gibt Stunden, in denen es düsterer ist als jeder Sturm, und andere Momente, in denen es wundervoller ist als jeder Regenbogen. Du wirst deinen Weg gehen, auch wenn er schwer sein mag, aber es wird sich lohnen. Du bist eine Kämpferin, auch wenn du manchmal zweifelst und unsicher bist, und du wirst deine Trauer ausleben und dich manchmal einsam fühlen. Aber du wirst niemals aufgeben. Wir sind alle Menschen, voller Emotionen, und auch wenn das Leben manchmal schwierig ist, ist es okay, am Boden zu sein und zu jammern. Wichtig ist, dass du dich danach wieder aufrappelst und all deine Kraft und Energie auf dein Ziel richtest. Genieße das Leben in jedem glücklichen Moment umso mehr. Es ist nicht notwendig, in deinem Alter bereits eine genaue Vorstellung vom Leben zu haben. Man muss erst auf Entdeckungsreise gehen, bevor man sich entscheiden kann. Du bist eine Träumerin, und manche Menschen mögen dich vielleicht seltsam finden, weil du in deiner eigenen Welt lebst. Aber du bist du und du bist glücklich in deiner Welt. Viele Menschen verstecken ihr inneres Kind, aber du lässt es frei heraus. Manchmal bist du voreilig, naiv und überanstrengst dich selbst. Aber sowohl die schlechten als auch die guten Seiten machen unsere Persönlichkeit aus. Dein größter Traum ist es, in Freiheit zu leben. Du bist lieber allein als bei unehrlichen Menschen. Was du nicht magst, sind Menschen, die keinen Respekt vor anderem Leben haben, egal in welcher Form. Deine größte Angst ist es, die Kontrolle über deinen freien Willen zu verlieren.»

Ich starrte sie mit weit aufgerissenen Augen an und ließ ihre Worte noch einmal auf mich wirken. Ich begann, über mich selbst nachzudenken, und war erstaunt darüber, wie recht sie hatte. Doch eine Frage brannte mir noch auf der Zunge.

«Werde ich Kinder haben?»

«Dein erstgeborenes wird ein wunderschönes und starkes Mädchen sein, mit blauen Augen, dunklen Haaren und einer Stupsnase. Ihr Name wird mit T beginnen. Sie wird dein Ebenbild sein.»

Ich lächelte zufrieden.

Enya löschte das Feuer und wir liefen in der Morgendämmerung zurück zur Hütte.

Als wir ankamen, legte ich mich erschöpft ins Bett und schlief ein.

Die Geburt

Ein lauter Schrei durchdrang die Stille, und ich erschrak, dass ich beinahe aus dem Bett gefallen wäre.

«Amei, komm sofort in die Küche», rief mich Enya.

Als ich vor Schreck aus dem Bett sprang, musste ich mich zunächst orientieren. Dann machte ich mich auf den Weg. Kurz bevor ich die Küche betrat, hörte ich ein lautes Stöhnen einer Frau. Als ich den Raum betrat, sah ich, wie Enya mit aller Kraft einer jungen Frau in die Küche half.

«Amei, bring mir einen Kessel lauwarmes Wasser, ein paar Tücher, einen Himbeerblättertee und Honig.»

Ich nickte ihr zu und eilte hektisch los, um die benötigten Dinge zu suchen. Währenddessen legte Enya die junge Frau vor den Kamin. Ich brachte Enya die verschiedenen Gegenstände, nach denen sie mich bat.

«Danke, und jetzt bring mir ein gefülltes Tuch mit Schnee.»

Ich nickte ihr verständnisvoll zu und eilte zur Tür. Ich füllte das Tuch mit Schnee, knotete es zu und brachte es Enya.

«Amei, jetzt legst du das Tuch auf ihre Stirn und gibst ihr einen Löffel Honig, um ihren Kreislauf zu unterstützen.»

Ich war äußerst nervös, da dies die erste Geburt war, die ich miterlebte. Immer wieder reichte ich der Frau einen Schluck Tee und hielt ihre Hand. Nach acht langen Stunden kam endlich ein kleines, unschuldiges Kind zur Welt. Ich wurde besorgt, als das Kind nicht sofort zu schreien begann. Enya rieb sanft mit ihrer Hand über die Brust des Babys, bis es schließlich anfing zu schreien. Vor Erleichterung seufzte ich tief auf und wischte mir den Schweiß von der Stirn. Enya sprach voller Stolz.

«Glückwunsch, es ist ein gesundes Mädchen.»

Die Mutter lächelte erschöpft.

«Ich muss es aber noch segnen», richtete Enya ihre Worte an die junge Frau, die ihr zustimmend nickte, da sie zu erschöpft war, um ein Wort über ihre Lippen zu bringen. Enya nahm das Baby und ging hinaus zu einem kleinen Bach vor ihrer Hütte. Dort sprach sie weiter.

«Ich rufe Freya zu mir, sie soll das Kind segnen.»

Dann richtete sie sich an mich.

«Tauche das Kind in das Wasser, unabhängig von der Jahreszeit. Dadurch wird es stark und vor bösen Kräften geschützt. Drehe es in alle Himmelsrichtungen, um das Kind zu erden.»

Als Enya das kleine Kind in das kalte Wasser legte, wollte es losschreien, jedoch blieb dem Kind die Luft vor Schreck weg. «Nimm das Kind und bringe es zu seiner Mutter.»

Ich nahm das kleine Wesen behutsam in meine Arme und wärmte es an meinem Körper. Ohne zu zögern lief ich los und brachte der Frau ihr Kind. Für mich war es eine kurze Nacht. Irmelin, Birk, Alvar und Einar hatten wahrscheinlich gehört, was sich in dieser Nacht ereignete, hielten sich jedoch aus Respekt aus der Situation heraus.

Langsam erhob sich die Sonne hinter den Bergen. Die Mutter schlief mit ihrem Kind vor dem Kamin. Enya und ich saßen in der Küche und tranken Tee. Neugierig fragte ich Enya.

«Enya, kannst du mir erzählen, woher wir kommen und wohin wir gehen? Was ist der Sinn unseres Lebens und wofür sterben wir?»

«Mein liebes Kind, wir stammen aus einer Welt, die noch schöner ist als alles, was du bisher gesehen hast. Wir sind alle miteinander verbunden, Pflanzen, Bäume, Tiere und Menschen. Die Bienen bestäuben das Land, die Pflanzen geben uns Nahrung, und wenn ein Tier stirbt, wird es zu Erde, die wiederum von den Pflanzen benötigt wird. Ein Leben ohne die Natur bedeutet für uns den Tod. Indem wir Blumen und Bäume pflanzen, tragen wir dazu bei, einen Teil dieser Welt zu erhalten. Es ist wichtig, dass wir die Natur und das Leben respektieren und nicht mehr nehmen, als wir brauchen. Wenn wir unseren Kindern diese Werte vermitteln, werden sie es ihren eigenen Kindern weitergeben und so wird der Kreislauf des Lebens fortgesetzt.

Wir leben in dieser Welt, um Erfahrungen zu sammeln und verschiedene Gefühle zu erleben. Sowohl das Schöne als auch das Schlechte gehören zu jedem Leben, aber aus den schlechten Erfahrungen lernen wir oft am meisten. In unserem Stamm haben wir keine Angst vor dem Tod. Der Tod ist ein natürlicher Teil des Lebens, genauso wie die Geburt. Manche sagen sogar, dass die Geburt schmerzhafter ist als das Sterben selbst. Das Leben ist so viel mehr, als du auf den ersten Blick siehst. Es verbirgt sich wie ein Wunder in der Luft. Wenn du bereit bist, es zu sehen, wird es sich dir offenbaren.»

«Und wie erkenne ich, dass ich bereit bin?»

«Eines Tages wirst du ein Erwachen in dir spüren und vieles verstehen. Du wirst dich rein und zufrieden fühlen und eine außergewöhnliche innere

Stärke verspüren. Deine innere Stimme wird dich durch dein Bauchgefühl führen - höre auf sie und vertraue ihr.»

Die junge Frau betrat leise die Küche und sah uns mit einem erschöpften Blick an.

«Ich danke euch für eure Hilfe», sprach sie erleichtert.

Ich sah die junge, zarte Frau an. Sie hatte lange dunkelbraune Haare und hellbraune Augen.

Als Einar die Küche betrat, zuckte ich leicht zusammen. Seine braunen Augen trafen meine und ich spürte, wie mir warm wurde. Ich fragte mich, was mit mir los war. Einar wandte seinen Blick von mir ab und schaute zu der jungen Frau, bevor er wieder zu mir sah.

«Hulda?», sprach Einar irritiert und sah sie ein zweites Mal an.

«Ja?», erwiderte sie mit Vorsicht in ihrer Stimme.

«Ich bin es, Einar.»

«Einar?»

Sie stürzte sich auf Einar und umarmte ihn.

«Wo warst du?», fragte sie und schüttelte ihn an seinen Schultern.

«Mutter und ich folgten den Romanis, die dich gefangen nahmen. Doch dann gerieten wir in einen Hinterhalt und wurden selbst von den Romanis gefangen genommen. Einige Tage später wurden die Romanis von den Helvetios überfallen. Orgetor rettete mich vor den Romanis. Jedoch konnten sie unsere Mutter nicht befreien und die Romanis nahmen sie mit.»

«Und wo ist sie nun?», fragte Hulda nach und hielt ihre Hand vor ihren Mund.

«Ich vermute in Romania.»

«Wir müssen sie suchen!»

«Hulda, es ist schon viele Jahre her, außerdem kannst du in deinem Zustand nicht weit reiten. Ich habe einen Auftrag von Jarl Orgetor, dem Helvetios, bekommen.»

«Wir haben», verbesserte ich ihn.

Er sah mich einen kurzen Moment an und richtete dann wieder seinen Blick auf Hulda.

«Wir müssen nach Romani reiten und mit dem Kaiser sprechen.»

Einar richtete sich mit diesen Worten an mich.

«Danke», nickte ich ihm mit einem Schmunzeln auf den Lippen zu.

«Einar, ich möchte dich nicht noch einmal verlieren.»

«Das wirst du nicht, versprochen.»

Er legte seine Hand auf ihre Schulter und sah ihr tief in die Augen.

«Hulda, wo warst du all die Jahre?»

«Ich konnte fliehen und bin nach Skythien zurückgekehrt. Das Volk erzählte mir, dass die Männer euch ermordet haben.»

«Nein, offensichtlich haben sie das nicht getan.»

«Ja, das habe ich nach einigen Jahren herausgefunden und bin auf die Reise gegangen, um euch zu suchen. Jetzt führt unser Vater unseren Stamm allein», sprach Hulda mit besorgter Stimme.

«Ich dachte, ihr seid alle tot», erwiderte Einar und strich mit seiner Hand über Huldas Wange.

Aufgrund der Erschöpfung von der vergangenen Nacht unternahmen wir an diesem Tag nicht viel. Am späten Abend versammelten wir uns alle vor dem Kamin und saßen gemeinsam auf dem Boden, während wir uns Geschichten erzählten.

«Birk, erzähl mir etwas über die Druiden.»

«Als Druiden haben wir eine enge Verbindung zur Natur. Wir nutzen Naturmagie, Heilsteine, verschiedene Kräuter und das jahrhundertealte Wissen unserer Vorfahren. Unsere magischen Praktiken richten sich nach den verschiedenen Mondphasen.»

«Was bedeutet Naturmagie?», fragte Hulda neugierig.

«Wir Druiden nennen es den alten Pfad. Wir arbeiten mit der Erde als Wesen und den Elementen als Energie. Um die Erdmagie zu erlernen, bedarf es eines umfangreichen Wissens und Erfahrungen. Es erfordert den Aufbau einer intensiven, beruhigenden und vertrauten Verbindung zur Natur. Die Natur selbst ist ein heiliges und lebendiges Wesen, aus dem alles entsteht und zu dem alles zurückkehrt. Es geht darum zu erkennen, dass wir alle eins sind und miteinander verbunden, und dass jede Form des Lebens Respekt verdient. Die Natur ist wahrhaftig unsere Mutter, sie bietet uns Schutz, Nahrung, Wasser und Energie. Sie schenkt uns das Leben, kann es aber auch wieder nehmen. Der Wicca-Jahreskreis mit seinen acht jahreszeitlichen Festtagen symbolisiert den Zyklus des Entstehens und Vergehens in der Natur.»

«Erzähl mir mehr über den Wicca-Jahreskreis.»

«Das tue ich gerne, Hulda.»

«Litha ist das Fest der Sommersonnenwende, an dem der längste Tag des Jahres gefeiert wird. Es ist eine Mischung aus Freude und Trauer, da das Licht zurückkehrt, aber auch wieder abnimmt. Es ist ein Segen, die Wärme zu spüren. Lughnasadh ist der Tag, an dem der Sonnengott Lugh geehrt wird. Es wird gemeinsam gegessen und Spiele werden gespielt, um die Erfolge der ersten Ernte zu feiern. Mabon markiert die zweite Ernte zur Herbsttagundnachtgleiche. Bei diesem Fest bereiten wir uns mit unseren lieben Menschen auf die dunklen und kalten Zeiten vor. Samhain ist der

Tag der Toten, wenn der Schleier zur Zwischenwelt dünner wird. Rituale werden durchgeführt, um unsere Vorfahren zu ehren und uns mit den Geistern zu verbinden. Yule ist das Fest der Wintersonnenwende, an dem die längste Nacht des Jahres gefeiert wird. Es ist die Zeit der Ruhe und des Rückzugs, aber auch der Hoffnung auf das Wiedererwachen des Lichts. Imbolc ist das Fest des Lichts, das den Beginn des Frühlings markiert. Es ist die Zeit des Erwachens und des Neubeginns. Ostara ist das Fest zur Frühlingstagundnachtgleiche, an dem Tag und Nacht gleich lang sind. Es ist die Zeit des Wachstums und der Fruchtbarkeit. Beltane ist das Fest des Lebens und der Liebe, das den Beginn des Sommers feiert. Es ist die Zeit der Leidenschaft und des Feierns. Bei diesem Ritual tanzt man um einen Maibaum, der Erneuerung symbolisiert. Das Volk kommt zusammen, Paare springen über ein Feuer, um sich für das kommende Jahr ein Versprechen zu geben.

Birk begann zu gähnen, während seine Augen immer wieder schwer wurden. Es war mitten in der Nacht.

«Wir sollten jetzt zu Bett gehen, morgen können wir weitersprechen.»
Ich wünschte Birk eine gute Nacht und ging schlafen.

Die Gartenarbeit

Der Schnee begann endlich zu schmelzen, und mit ihm kam eine neue Hoffnung. Hulda und ich wurden enge Freunde, und ihr Kind gedieh prächtig. Während ich Nahrung sammelte, bereitete Hulda das Essen zu, und Enya überlegte bereits, wie sie den Garten für dieses Jahr vorbereiten wollte.

«Danke, Hulda, das Essen war wie immer hervorragend.»

Enya nickte ihr zu und sprach dann.

«Helft ihr mir, den Garten vorzubereiten?»

Wir antworteten zur gleichen Zeit.

«Natürlich, Enya.»

Hulda und ich sahen uns an und lachten.

Wenig später zogen wir uns an und traten aus der Tür. Hinter Enyas bescheidenem Haus erstreckte sich ein großer Garten. Hulda fühlte sich dort wie zu Hause und begrüßte die Insekten und streichelte liebevoll die Pflanzen.

«Amei, die Pflanzen mögen es besonders, wenn man mit ihnen spricht. Dadurch wachsen sie stärker.»

«Und was soll ich ihnen sagen?»

«Sag ihnen, sie haben wunderschöne Knospen und einen starken Stiel, denn sie lieben Komplimente.»

Ich nahm es zur Kenntnis und gab den Pflanzen Komplimente.

«Hulda, ich würde gerne Salbei anpflanzen.»

«Enya, obwohl Salbei eigentlich nicht in unserer Region heimisch ist, kann er dennoch gut gedeihen, wenn du ihn an einem warmen und sonnigen Ort pflanzt. Für den Boden benötigst du eine Mischung aus Lehm, Ton, Sand und Humus. Es ist wichtig, dass der Boden locker und gut durchlässig ist, um Staunässe zu vermeiden.

Salbei ist eine wertvolle Heilpflanze, deren Wirkung hauptsächlich in den Blättern steckt. Er regt die Durchblutung an, wirkt desinfizierend und keimtötend. Bei Husten kann Salbei den Schleim in den Atemwegen lösen und wirkt zudem antibakteriell.»

Enya nickte.

«Gerne würde ich auch noch einen Rosmarin pflanzen.»

«Für den Rosmarin empfehle ich einen sandigen und gut durchlässigen Boden, der geschützt und warm ist. Rosmarin ist eine weitere Heilpflanze, die gegen Bluthochdruck und Verdauungsbeschwerden helfen kann. Darüber hinaus hat er beruhigende Eigenschaften und kann bei Erschöpfung unterstützend wirken.»

«Danke, und wie sieht es mit einem Wacholder aus?»

«Wacholderbäume sind generell pflegeleicht, und für einen guten Start empfehle ich, die Erde auszuheben und mit feuchtem Torf zu vermischen. Wacholder bevorzugt sonnige Standorte. In Bezug auf die Heilwirkung können die Beeren bei inneren Krämpfen helfen, den Magen stärken und die Verdauungsfunktion unterstützen. Es wird empfohlen, die Beeren über einen Zeitraum von vier bis sechs Wochen einzunehmen.»

«Ich bin begeistert, Hulda», rief Enya freudig.

«Und wie sieht es mit dem Lorbeerstrauch aus?»

«Lorbeersträucher gedeihen am besten an sonnigen und windgeschützten Standorten mit einem nährstoffreichen Boden. Es wird gesagt, dass Lorbeerblätter zur Entkalkung der Blutgefäße beitragen können. Es ist jedoch wichtig zu beachten, dass junge Lorbeerblätter dafür nicht verwendet werden sollten. Wenn man einen Tee aus den Lorbeerblättern zubereitet, ist es ratsam, die Dosierung und die Dauer der Einnahme sorgfältig zu überwachen, um mögliche Vergiftungen zu vermeiden.

«Hulda, gerne würde ich auch noch Gemüse und Obst pflanzen. Was empfiehlst du mir?»

«Ich würde vorschlagen, vor dem Baum ein Beet anzulegen. Wir sollten den Boden auflockern, Unkraut entfernen und Steine einsammeln. Kartoffeln bevorzugen einen sonnigen Standort mit lockerem, lehmigem Boden, jedoch ohne Staunässe. Die Kartoffeln sollten zunächst gelagert werden, bis sie Triebe entwickeln. Anschließend werden sie etwa eine Handbreit tief in die Erde gelegt. Die Setzzeit für Kartoffeln liegt zwischen Mitte April und Anfang Juni. Zusätzlich würde ich Karotten in das Beet säen. Sie mögen ebenfalls sonnige Standorte mit nährstoffreichem Boden. Die Aussaat der Karotten erfolgt von März bis April. Zwiebeln können neben den Karotten gesät werden. Die Steckzwiebeln werden so tief in die Erde gelegt, dass die Spitze noch herausschaut. Dies erfolgt Ende April. Radieschen können von März bis September gesät werden. Die Erde sollte leicht mit Sand gemischt werden. Radieschen bevorzugen helle bis halbschattige Plätze. Knoblauch und Salat können im gleichen Beet angebaut werden. Knoblauch kann zweimal im Jahr, im Frühjahr und Herbst, gepflanzt werden. Salat wächst nach, wenn man ihn mit einem Messer abschneidet. Ab Mai können die Sämlinge gesetzt werden, jedoch sollten sie mit einem Tuch abgedeckt werden. Die Tomaten würde ich an der Wand des Hauses anpflanzen, an einem hellen, aber nicht direkt sonnigen Ort, in der Nähe des Bienenhauses und geschützt vor Regen und Sturm. Im Herbst würde ich die Erde für die Tomaten mit Kompost mischen, um sie nährstoffreich zu machen. Die Samen können aufbewahrt werden, um jedes Jahr neu auszusäen. Die Tomatensamen sollten Ende März bis Anfang April ausgesät werden und die Pflanzen müssen an Stöcken befestigt und regelmäßig gewässert werden. Gurken können an einem feuchtwarmen, windgeschützten und sonnigen Ort angebaut werden. Die Aussaat der Gurken erfolgt Anfang Mai bis in den Herbst hinein. Gurken benötigen viel Wasser. Bohnen können von Mai bis Ende August gesät werden. Sie bevorzugen einen warmen Boden und viel Sonne. Bei Kürbissen sollte der Boden gut gelockert und mit reichlich Kompost vermischt sein. Sie mögen es warm und sollten nach dem letzten Frost gepflanzt werden.»

«Ich freue mich schon sehr auf die Kürbissuppe», entgegnete Enya und lächelte.

«Gerne würde ich neben dem Bienenhaus bei der Moorwiese am Waldrand eine Heidelbeere anpflanzen. Dafür sollten wir die Erde auflockern und mit Laub und Sand mischen. Es ist wichtig, die Pflanze nicht zu tief zu setzen, damit die Wurzeln genügend Luft bekommen. Zusätzlich können wir ein paar kleine Steine um die Pflanze herum platzieren. Beerensträucher werden oft paarweise angepflanzt. Erdbeeren können wir an einem sonnigen Ort mit wenig Wind anbauen. Der Boden sollte locker und leicht sauer sein. Dazu können wir etwas Sand und Laub unter die Erde mischen. Die Aussaat der Erdbeeren erfolgt von Ende Juni bis Mitte September. Himbeeren benötigen einen sonnigen und luftigen Standort mit nährstoffreichem und lockerem Boden. Die Aussaat der Himbeeren erfolgt im Herbst. Bei Johannisbeeren ist es wichtig, Staunässe zu vermeiden. Sie sollten an einem sonnigen, windgeschützten und aufgelockerten Boden gepflanzt werden.»

Die Beeren können ab Juli geerntet werden. Zusätzlich können wir entlang der Hauswand Trauben anbauen. Der Standort ist sonnig, windgeschützt und ermöglicht es den Trauben, nach oben zu wachsen. Die Erntezeit für Trauben liegt zwischen August und Oktober.

«Hulda, das hört sich wie ein Traum an. Dann können wir noch Apfel-, Kirsch- und Birnbäume setzen.»

Pflanzen sind ein faszinierendes Thema, da es viele wichtige Überlegungen gibt. Leider habe ich nicht genügend Wissen darüber, um mich ausreichend damit auszukennen.

«Erzähl mir, wie die Pflanzen wachsen?», fragte ich.

«Ich erkläre es dir gerne. Die Wachstumsphasen der Pflanzen hängen stark vom Mond ab. Es gibt sechs verschiedene Phasen. Während des aufsteigenden Mondes, auch Erntemond genannt, wachsen die Pflanzen und die Nährstoffe steigen in den oberen Teil der Pflanzen. In dieser Phase erntet man oberirdische Früchte und Gemüse, bearbeitet Holz und schneidet Tannen. Beim absteigenden Mond, auch Pflanzenmond genannt, nehmen die Pflanzen viele Nährstoffe auf und der Saft fließt langsam. In dieser Zeit schneidet man Nutzholz, pflanzt, düngt, sät aus und schneidet Sträucher und Bäume zurück. Während des Neumondes wirken starke Impulse auf Menschen, Tiere und Natur. Es ist die beste Zeit, kranke Pflanzen zu stutzen, da sich die Säfte regen. Beim zunehmenden Mond wächst das oberirdische Wachstum und die Sichel des Mondes zeigt nach Westen. In dieser Phase sät und pflanzt man oberirdische Pflanzen. Der Vollmond strahlt starke Energie aus und während des zunehmenden und abnehmenden Mondes herrscht ein Gleichgewicht. Die Heilkraft der Kräuter ist in dieser Zeit besonders hoch, insbesondere bei den Wurzeln. Es ist auch die beste Zeit zum Düngen. Beim abnehmenden Mond zeigt die Sichel nach Osten und es herrscht eine hohe Energie in der Luft. Die Säfte fließen zurück in die Wurzeln, daher ist es die beste Zeit, unterirdische Pflanzen anzusäen. Es ist am besten, die Pflanzen und Bäume am Abend zu wässern, da sie es in der Nacht besser aufnehmen können.»

«Wann sät man welchen Baum an?»

«Apfel-, Birnen-, Pflaumen- und Kirschbäume können im Herbst bis zum Frühjahr gepflanzt werden. Für Bäume und Stauden ist der Herbst jedoch die bessere Zeit. Beim Einpflanzen eines Jungbaums sollte ein tiefes Loch gegraben werden, das etwa so groß ist wie die Baumkrone. Ein lockerer Boden ist ideal für den Baum, da er sich darin besser entfalten kann. Es ist wichtig, große und kleine Steine zu entfernen und Wurzeln aus der Erde zu nehmen. Die Erde sollte nicht zu fest angedrückt werden. Bei lehmigem Boden sollte man darauf achten, nicht zu viel Wasser zu gießen, da sich sonst Wasser ansammeln und der Baum ertrinken kann. Laub, Gras und die abgefallenen Früchte des Baumes sind gute natürliche Düngemittel. Ein Apfelbaum sollte an einem sonnigen Standort gepflanzt werden, da Apfelbäume empfindliche Wurzeln haben. Der beste Zeitpunkt für den Schnitt eines Apfelbaums ist im November. Der Schnitt erfolgt über der Knospe und die Triebe werden um ein Drittel zurückgeschnitten. In unserer Tradition wird nach einer Geburt ein Loch gegraben und die Plazenta zusammen mit einem Baumsamen darin vergraben. Dadurch entsteht eine ewige Verbindung zwischen dem Kind und dem Baum. Alternativ kann der

Samen auch in den Mund genommen und dann vergraben werden. Pflanzen sind sehr intelligent. Wenn man ihnen Komplimente macht und sich gut um sie kümmert, wachsen sie besser und gedeihen prächtig. Sie nehmen wahr, wo das Wasser fließt, und kommunizieren miteinander. Die Natur ist wie ein Spinnennetz, in dem alles miteinander verbunden ist. Es ist ähnlich wie die Organe im Körper, die alle zusammenarbeiten. Ohne Insekten hätten kleine Tiere keine Nahrung und ohne kleine Tiere hätten große Tiere keine Nahrung.»

«Und wie sät man eine Pflanze?», fragte ich nach.

«Bevor man eine Pflanze setzt, empfiehlt es sich, sie für einige Stunden ins Wasser zu legen und dann zurückzuschneiden. Beschädigte Wurzeln und Äste sollten mit einer scharfen Klinge entfernt werden. Der Boden sollte den Bedürfnissen der Pflanze entsprechen. Beeren und Sträucher bevorzugen in der Regel keine sauren Böden, daher ist es ratsam, diese zu kalken, mit Ausnahme von Heidelbeeren und Preiselbeeren. Vor dem Einpflanzen sollte der Boden an der gewünschten Stelle gelockert werden. Es ist wichtig, keinen Stallmist hinzuzufügen, da dies die Entwicklung der Wurzeln beeinträchtigen könnte.»

«Enya, ich habe dir gerade all mein Wissen mitgeteilt, aber ich habe bemerkt, dass du in deinem Garten ein kleines Bienenhaus hast. Das ist wirklich beeindruckend! Wie hast du das geschafft?»

Enya lächelte bescheiden.

«Ich habe einen alten Baum halbiert, ausgehöhlt und in den Boden eingegraben, um ein kleines Bienenhaus zu schaffen. Dadurch habe ich die Möglichkeit, meine eigenen Bienen zu halten und meinen eigenen Honig zu produzieren. Es ist jedoch wichtig, den Bienen nicht zu viel Honig zu entnehmen, da sie diesen für den Winter benötigen und sonst verhungern könnten. Eine einzelne Honigbiene produziert in ihrem Leben etwa einen Teelöffel Honig. Im Gegensatz dazu sind Wildbienen Einzelgänger und produzieren keinen Honig. Sie legen ihre Eier im Boden oder in abgestorbenen Pflanzen ab. Hummeln gehören ebenfalls zu den Wildbienen. Sie bilden kleinere Völker, und nur die Königin überwintert. Dennoch tragen alle Bienenarten zur Bestäubung von Nutz- und Wildpflanzen bei und spielen somit eine wichtige Rolle in unserer Welt.»

Es scheint, als ob Enya uns manchmal auf die Probe stellt, um unser Wissen zu testen. Obwohl ich bereits einiges weiß, bin ich mir bewusst, dass ich noch lange nicht alles gelernt habe. Es gibt einfach so viele Dinge zu entdecken und zu erforschen, die mein Wissen erweitern können.

«Gehen wir zurück ins Haus?», sprach ich ungeduldig und lief voraus.

Als wir zurück im Haus waren, kochte Hulda zu Abend, Enya lag mit dem Kind auf einer Decke vor dem Kamin, Birk und ich leisteten Hulda in der Küche Gesellschaft.

«Birk, erzähl mir von einem Ritual, das ihr Druiden manchmal ausübt.»

«Amei, Bäume werden von uns als kraftvolle Energieorte genutzt, da sie eine heilende Wirkung auf uns Menschen haben. Sie können uns bei seelischen Verletzungen unterstützen, wie zum Beispiel bei Kontaktabbruch, Beziehungsproblemen oder seelischen Blockaden. Ebenso können sie uns bei verschiedenen Ängsten helfen und dazu beitragen, schwarze Magie und schlechtes Karma aufzulösen.»

«Und wie kann ich das Ritual beginnen?»

«Wähle einen älteren Baum an einem ruhigen Ort, der eine magische Anziehungskraft auf dich ausübt. Bitte den Baum um Erlaubnis, dich dort niederzulassen, um eine spirituelle Verbindung herzustellen. Sobald du dich mit deinem Inneren und diesem Ort verbunden fühlst, kannst du beginnen. Wenn du innere Blockaden und Trauer lösen möchtest, richte dich nach Süden. Wenn du bestimmte Fähigkeiten stärken möchtest, richte dich nach Osten. Wenn du vergangene Erfahrungen abschließen und einen neuen Lebensabschnitt beginnen möchtest, richte dich nach Norden. Wenn du einer Person eine Botschaft überbringen möchtest, spielt es keine Rolle, auf welcher Ebene sie sich befindet, richte dich nach Westen. Du kannst das Ritual mit Kerzen, passenden Heilsteinen und Farbaspekten unterstützen.»

«Ich würde es gerne morgen ausprobieren, dann können wir noch ein paar Dinge im Wald sammeln. Hilfst du mir, Birk?»

«Ja, das können wir gerne ausprobieren, Amei.»

Als der Mond am höchsten stand, gingen wir zu Bett.

Birk weckte mich früh am Morgen und schlug vor, dass wir uns auf den Weg in den Wald machen. Ich stand auf und frühstückte mit ihm. Als ich aus dem Fenster schaute, sah ich den Nebel über das Feld ziehen und die Sonnenstrahlen, die durch den Wald brachen. Die Atmosphäre war magisch. Nach dem Frühstück zogen wir unsere Schuhe an und machten uns auf den Weg. Die Vögel sangen und die Sonne wärmte mein Gesicht. Plötzlich hörten wir eine Stimme rufen.

«Wartet!»

Es waren Irmelin und Hulda, die uns folgten.

«Wir kommen mit euch», rief Irmelin und rannte uns hinterher.

Wir folgten dem Bach, der durch Enyas Garten floss, und betraten dann den Wald. Auf unserem Weg wurden wir von einem majestätischen Hirsch begrüßt. Er stand nur eine Baumlänge von uns entfernt und seine Augen waren so braun wie Kastanien. Sein imposantes Geweih beeindruckte uns. Der Hirsch ging gemächlich weiter und verschwand hinter den Bäumen. Alo rannte vor Freude an uns vorbei, und Hulda trug ihr Mädchen liebevoll im Arm.

«Hulda, hast du schon einen Namen?», fragte ich freundlich.

«Ja, Amei, ich nenne sie Elva», ich lächelte.

«Ach, wie schön, der gefällt mir sehr», erwiderte ich, und Hulda lächelte zurück.

«Birk, sieh dort, eine Hagebutte. Die können wir für Enya mitnehmen.»

«Ja, das ist eine gute Idee, als Zeichen der Dankbarkeit.»

Ich pflückte ein paar Hagebutten ab und legte sie in meinen Korb. Wir schlenderten weiter durch den Wald, bis ich einen Pilz fand.

«Sieh nur, Birk, was ist das für ein Pilz?»

«Der Morchel Pilz ist ein einzigartiger Pilz mit einer ungewöhnlichen Form. Er hat einen langen, hohlen Stiel und einen kegelförmigen Hut, der mit kleinen Vertiefungen bedeckt ist. Die Farbe variiert von blassgelb bis dunkelbraun. Die Morchel wächst hauptsächlich in Laub- und Nadelwäldern, oft in der Nähe von Bäumen wie Eichen oder Buchen. Sie bevorzugt feuchte und gut durchlüftete Böden. Die Morchel ist bekannt für ihren intensiven und delikaten Geschmack. Sie hat einen einzigartigen nussigen und erdigen Geschmack, der sie zu einer beliebten Zutat in der gehobenen Küche macht. Die Morchel wird oft in Saucen und Suppen verwendet und verleiht den Gerichten einen besonderen Geschmack.»

«Birk, schau doch, hier noch einer.»

«Der Frühjahrslorchel ist ein Pilz, der im Frühjahr in Wäldern und feuchten Gebieten zu finden ist. Er hat einen langen Stiel und einen kegelförmigen Hut, der oft eine gelbliche oder bräunliche Farbe hat. Die Oberfläche des Hutes ist glatt und kann leicht glänzen. Der Frühjahrslorchel hat einen intensiven, angenehmen Geruch und einen würzigen Geschmack. Er wird oft zum Kochen verwendet und verleiht den Gerichten einen besonderen Geschmack. Aber Vorsicht ist geboten, da er mit anderen giftigen Pilzen verwechselt werden kann.»

«Den nehme ich auch mit.»

Ich schnitt den Pilz mit dem Messer ab, damit er nächstes Jahr wieder nachwachsen kann. Wir liefen weiter durch den Wald.

«Und hat dich schon ein Baum angezogen?», sprach Birk neugierig.

«Nein, bisher nicht.»

Alo tobte ausgelassen im Wald herum, wahrscheinlich hatte er eine Duftspur aufgenommen und folgte ihr.

«Sieh Amei, hier ist ein Gelbstielige Muschelseitling Pilz, er ist durch seine auffällige gelbe Stielfarbe gekennzeichnet. Er gehört zur Familie der Seitlinge und hat einen muschelförmigen Hut, der eine glatte Oberfläche und eine bräunliche Farbe aufweist. Die Lamellen unter dem Hut sind weiß und dicht angeordnet. Der Pilz wächst meist in Gruppen auf Totholz, insbesondere auf abgestorbenen Laubbäumen. Aber merke dir, Amei, mit Pilzen ist nicht zu spaßen, denn einige von ihnen können sehr giftig sein. Eine Vergiftung kann Stunden oder sogar Tage nach dem Verzehr auftreten und Symptome wie Übelkeit, Bauchschmerzen, Durchfall, Schwindel und Schweißausbrüche verursachen.»

«Dafür habe ich ja dich, Birk», zwinkerte ich ihm zu.

«Wenn die Pilze meist vom Sommer bis Ende Herbst wachsen, warum gibt es dann jetzt noch welche?»

«Das stimmt nicht ganz, Amei. Pilze wachsen das ganze Jahr über, aber es gibt auch saisonale Pilzarten.»

Wir liefen Richtung Hütte zurück.

Als wir ankamen, bereitete Enya ein Essen für uns vor.

«Hast du einen Baum gefunden?», fragte mich Enya.

«Nein, leider nicht, ich wurde von den Pilzen abgelenkt», schmunzelte ich.

«Morgen könnt ihr aufbrechen, da die Tage wieder länger werden und der Schnee in den Bergen weniger gefährlich ist.»

«Wir helfen dir heute noch, den Garten vorzubereiten, sodass du Nahrung hast.»

versprach ich Enya und sie nickte mir zu.

Nachdem wir gegessen hatten, hielten wir unser Versprechen und halfen alle zusammen, Enyas Garten vorzubereiten. Enya besorgte einen Walnussbaum, der anspruchslos ist und leicht feuchten, etwas sandigen Boden bevorzugt. Dieser sollte nach der Frostzeit gepflanzt werden. Außerdem fand Enya einen sonnigen Platz für eine Eiche, die wir dort einpflanzten. Zusätzlich setzten wir einen Haselnussbaum an einem halbschattigen und möglichst windgeschützten Ort. Die Nüsse sind sehr gesund, da sie viel Eiweiß und Vitamine enthalten.

Nach harter Arbeit brach der Abend herein und wir setzten uns ein letztes Mal alle zusammen vor den Kamin und erzählten uns Geschichten. Doch ich bemerkte, dass etwas mit Hulda nicht stimmte. Sie rieb sich immer wieder die Handfläche.

«Hulda, warum bist du nervös?»

Sie zuckte leicht zusammen, als ich sie ansprach.

«Ich habe eine wichtige Mitteilung für euch. Ich habe bereits mit meinem Bruder und Enya darüber gesprochen, und wir sind zu dem Entschluss

gekommen, dass es am besten wäre, wenn ich eine Weile bei Enya bleibe. Ich kann ihr im Haus helfen, und sie kann mich bei der Betreuung meines Kindes unterstützen. Sobald die Zeit gekommen ist, werde ich zu Irmelin und Birk reisen, bis ihr von eurer Reise nach Romania zurückkehrt.»
«Ich hätte dich gerne an meiner Seite gehabt, aber ihr habt recht. Die Reise ist viel zu gefährlich, mit einem Kind, und dein Kind braucht dich.»
Ich nahm dankbar Huldas Hand, und sie erwiderte es mit einem dankbaren Lächeln.
Am nächsten Morgen löste sich der Nebel über dem Wald auf, und ein paar Rehe grasten an der Waldgrenze. Ich rieb mir die Augen und blieb noch eine Stunde im Bett liegen.

«Guten Morgen, Amei, bist du schon erwacht?», hörte ich die sanfte Stimme von Irmelin.
«Komm, gehen wir mit Enya einen Tee trinken.»
Ich stand auf und lief zur Küche. Enya und Irmelin saßen schon an der Tafel.
«Morgen, Enya», sprach ich mit leiser Stimme.
«Morgen, Amei.»
Ich setzte mich hin und nahm die heiße Teetasse in meine Hände.
«Ich habe eine Auswahl an Lebensmitteln für euch eingepackt, darunter Nüsse, Kartoffeln, Karotten, Tee, Honig, Brot und verschiedene Kräuter.»
«Danke, das ist sehr liebevoll von dir.»
Nachdem wir den Tee ausgetrunken hatten, begannen wir damit, unsere Taschen zu packen. Schließlich versammelten wir uns alle vor der Hütte, um uns voneinander zu verabschieden.
«Mein liebes Kind, die Zeit mit dir war wunderbar. Ich werde dich sehr vermissen, aber ich bin zuversichtlich, dass du deinen eigenen Weg finden wirst. Vertraue immer auf dein Bauchgefühl und glaube an dich selbst. Ich habe ein kleines Geschenk für dich vorbereitet.»
Sie umfasste meine Hand und legte behutsam eine Zedernnuss hinein, bevor sie meine Hand festdrückte.
«Höre gut zu. Wenn du eines Tages das Gefühl hast, angekommen zu sein und pure Glückseligkeit empfindest, dann pflanze diese Nuss. Es spielt keine Rolle, wo du dich befindest, sondern wann du deinen inneren Frieden gefunden hast.»
Ich nickte ihr dankbar zu und nahm sie fest in meinen Arm.
«Ich danke dir für alles, Enya!»
Danach sah ich Hulda an, die neben Enya stand. Auch wir lächelten uns voller Trauer an.

«Amei, die Zeit war echt schön mit dir, ich habe dich in mein Herz geschlossen.»

«Danke, Hulda, das kann ich nur zurückgeben. Es war mir eine Ehre, dich bei deiner Geburt zu unterstützen.»

«Unser Weg ist vorausbestimmt, alles passiert aus einem bestimmten Grund und wer weiß, vielleicht kommst du eines Tages mit meinem Bruder an deiner Seite zurück», zwinkerte sie mir zu, ich sah zu Einar und unsere Blicke trafen sich.

«Mir ist schon aufgefallen, dass er dich oft beobachtet, ich habe ein Auge dafür, ich bin seine Schwester.»

«Du möchtest mich doch nur als Schwägerin.», ich stieß spielerisch meinen Ellbogen gegen ihren Oberarm und wir lachten gemeinsam. Anschließend umarmten wir uns ein letztes Mal.

Danach schnappten wir uns unsere Taschen und schwangen uns auf unsere Pferde. Ich winkte ihnen und rief vom Pferderücken aus.

«Man sieht sich immer zweimal im Leben.»

Wir ritten los und eine kurze Zeit später hielten wir noch einmal an.

«Nun ist es an der Zeit, dass sich unsere Wege trennen. Irmelin, du musst nun zu unseren Stämmen zurückkehren! Birk und Alvar, ihr werdet Irmelin auf dem Weg nach Hause begleiten und sie mit eurem Leben beschützen.»

Sie nickten mir verantwortungsbewusst zu, ohne sich mir zu widersetzen.

«Und was ist mit dir?»

«Ich kann auf mich selbst aufpassen, Irmelin, das solltest du doch wissen.»

«Außerdem begleite ich sie, sie hat Glück mit mir», fügte Einar hinzu und ich rollte daraufhin meine Augen.

Wir nahmen uns so fest in die Arme, als wäre es unser letzter Abschied, dabei lief Irmelin eine Träne über ihre Wange und ich strich sie mit meinem Finger weg.

Wir brachen auf und ich schenkte Irmelin und Birk noch einen letzten Blick, bevor wir im Wald verschwanden.

Die Reise nach Romani

Einar und ich ritten weiter nach Romania. Wir hatten bisher noch kein Wort miteinander gesprochen.

Schnell wie ein Sturm tauchten plötzlich romanische Krieger auf.

«Einar, was sollen wir tun?»

Er hielt sein Pferd an und gab mir keine Antwort.

«Guten Tag, meine Dame»,sprach mich einer der Männer an, aber ich reagierte nicht.

«Ist die Dame stumm oder nur dumm?», fragte ein anderer der Männer spöttisch und lachte.

«Der Witz wird nicht besser, wenn du der Einzige bist, der lacht», erwiderte ich frech.

Einer der anderen Männer sprach mit tiefer Stimme.

«Es ist sehr gefährlich hier.»

«Die einzige Gefahr, die ich hier sehe, seid ihr.»

«Weib, pass auf deine Wortwahl auf!»

Amei, kannst du eigentlich nie den Mund halten? fragte ich mich selbst und nahm die Zügel etwas enger.

«So gehört es sich, Weib!», sprach der andere wieder und lächelte überlegen.

Ich sah aus dem Augenwinkel, dass Einar seine Hände zu Fäusten ballte.

«Ich habe noch nie so ein hässliches Schwein wie dich gesehen. Dein Bauch ist größer als ganz Romania, nun sehe ich, wo unsere hart verdiente Ernte hineingestopft wird.»

Der Mann stieg vom Pferd, lief auf mich zu und zog sein Schwert.

«Amei, geh hinter mich!»

Einar sprang von seinem Pferd und stellte sich schützend vor mich. Die Männer beobachteten die Szene gespannt. Der Mann kam näher und Einar wartete geduldig. Als der Mann zum Schlag ausholte, wich Einar geschickt aus. Der Mann sah ihn überrascht an.

«Mehr hast du nicht drauf?», rief ich.

Plötzlich packte der Mann Einars Arm und zog ihn zu sich heran, während er ihm sein Schwert an die Kehle hielt. Doch Einar reagierte schnell und schlug mit seinem Ellbogen dem Mann in den Bauch. Er drehte sich geschickt um und holte zu einem weiteren Schlag aus, der den Mann direkt ins Gesicht traf. Der Mann hielt sich die Hand an die Nase und versuchte, den Schmerz zu lindern. In der Zwischenzeit rannte Einar zu einem Krieger, zog sein Schwert aus der Tasche und eilte auf den Mann zu.

«Unterschätze mich nicht, du Schwein.», rief Einar, währenddessen hob der Mann sein Schwert vom Boden auf und griff Einar erneut an.

Den ersten Stoß wehrte er ab, dem zweiten wich er aus, aber der dritte traf Einar an der Rippe.

«Oh», ich zuckte vor Schreck zusammen und hielt mir die Hand vor den Mund.

«Nur ein Kratzer», entgegnete Einar.

Der Romani holte zum nächsten Stoß aus, doch Einar sprang geschickt hoch und landete auf der Klinge. Dadurch verlor der Romani das Gleichgewicht und stürzte zu Boden. Einar hielt das Schwert nun an seinen Hals.

«Es ist genug!», rief einer der romanischen Krieger.

Es war amüsant, aber wir müssen weiter.

Mit einem letzten Blick sahen sie uns an und dann trabten sie davon.

«Wir sollten ein Lager aufschlagen», sprach ich besorgt und Einar nickte mir zu.

Nachdem wir unser Lager aufgeschlagen hatten, gönnte ich mir eine kleine Pause. Ich lehnte mich mit meinem Oberkörper am Sattel an und genoss die wärmenden Strahlen der Sonne auf meinem Gesicht. Das Zwitschern der Vögel und das Rauschen des Baches erfüllten die Luft. Ich erhob mich und lief zum Bach, um mein Gesicht mit dem kühlen, klaren Wasser zu reinigen. Währenddessen erklang eine wunderschöne, verträumte Melodie durch den Wald. Neugierig folgte ich der Melodie entlang des Baches und durch dichtes Schilf. Ich spürte die hohe Energie der Umgebung und trat schließlich mitten in einen Baumkreis. In der Mitte befand sich eine imposante Zeder, die auf einem großen Stein gewachsen war und eine magische Aura ausstrahlte.

Wir glauben daran, dass wir unseren Körper hierlassen und daraus ein Baum wächst. Jeder Monat ist einem bestimmten Baum zugeordnet, der etwas über unseren Charakter verrät. Der Apfelbaum symbolisiert Fruchtbarkeit und Liebe. Menschen, die in dieser Zeit geboren werden, gelten als warmherzig und einladend, bekannt für ihre starke Liebe zu Tieren. Ihr Geburtsdatum liegt zwischen dem 22. Dezember und dem 1. Januar sowie zwischen dem 21. Juni und dem 4. Juli. Die Tanne, von uns Ailim genannt, ist ein anspruchsvolles Wesen, das viele Geheimnisse birgt und ein starkes Bedürfnis nach Harmonie hat. Sie ist offenherzig und beschützend. Ihr Geburtsdatum liegt zwischen dem 2. und 11. Januar sowie zwischen dem 5. und 14. Juli. Die Ulme steht für Gerechtigkeit, Treue und Neugierde. Sie setzt sich für andere ein und symbolisiert das Vertrauen in die Natur. Ihr Geburtsdatum liegt zwischen dem 12. und 24. Januar sowie zwischen dem 15. und 25. Juli. Die Zypresse ist eine Kämpfernatur, die ihr Herz stets am richtigen Ort trägt. Sie ist weise, loyal und in der Liebe impulsiv. Die Treue ist ihr Symbol. Ihr Geburtsdatum liegt zwischen dem 25. Januar und dem 3. Februar sowie zwischen dem 26. Juli und dem 4. August. Der Pappelbaum ist voller Entdeckungslust, Neugierde und Kreativität. Er findet in jeder Situation eine kreative Lösung und symbolisiert das Streben nach himmlischer Weisheit. Seine Geburtsdaten sind zwischen dem 4. und 8. Februar, dem 1. und 14. Mai sowie dem 5. und 13. August. Der Zürgelbaum sucht das Abenteuer, ist flexibel und passt sich schnell an, wird aber auch schnell ungeduldig. Er symbolisiert Zuversicht und die Fürsorge der Muttergöttin. Seine Geburtsdaten sind zwischen dem 9. und 18. Februar sowie dem 14. und 23. August. Die Kiefer symbolisiert das ewige Leben und die Weisheit. Sie ist zuverlässig, humorvoll und lebt ihre Liebe leidenschaftlich aus. Ihre Geburtsdaten sind zwischen dem 19. und 29. Februar sowie dem 24. August und dem 2. September. Die Weide steht für den ewigen Kreislauf des Lebens. Sie ist belastbar, einfühlsam, künstlerisch und sucht stets nach Harmonie. Ihre Geburtsdaten sind zwischen dem 1. und 10. März sowie dem 3. und 12. September. Die Linde symbolisiert die Wahrheit, eine starke Liebe und Zufriedenheit. Ihre Geburtsdaten sind zwischen dem 11. und 19. März sowie dem 13. und 21. September. Die Eiche, bei uns Duir genannt, strahlt eine starke Lebenskraft aus und kann nicht gebrochen werden. Mut und Tapferkeit sind ihre herausragenden Eigenschaften. Sie symbolisiert die Lebenskraft und Stärke. Ihr Geburtsdatum ist der 20. März.

Die Haselnuss wird vom Glück begleitet und ist verständnisvoll, hilfsbereit, tolerant und strahlt Ruhe aus. Wir nennen sie auch Coll. Ihre Geburtsdaten sind zwischen dem 21. und 31. März sowie dem 23. September und dem 3. Oktober. Die Eberesche schlichtet Konflikte, ist einfühlsam und übernimmt Verantwortung. Sie wird als Orakel und Talisman verehrt. Ihre Geburtsdaten sind zwischen dem 1. und 10. April sowie dem 4. und 13. Oktober. Der Ahorn hat einen starken Willen, ist kreativ, zielstrebig und kommunikativ. Er symbolisiert die Einheit und Vielfalt des Lebens. Seine Geburtsdaten sind zwischen dem 11. und 20. April sowie dem 14. und 23. Oktober. Der Nussbaum zeichnet sich durch hohe Intelligenz und innere Stärke aus. Er ist warmherzig, spontan und impulsiv, neigt jedoch auch zu Extremen. Lust und Leidenschaft sind seine Symbole. Seine Geburtsdaten sind zwischen dem 21. und 30. April sowie dem 24. Oktober und dem 11.

November. Die Kastanie ist wahrheitssuchend und liebend. Sie ist humorvoll und ein guter Zuhörer. Ihre Geburtsdaten sind zwischen dem 15. und 24. Mai sowie dem 12. und 21. November. Die Esche ist ein magischer Baum, der mit der Götterwelt verbunden ist. Sie besitzt einen zauberhaften Charakter und wird als Ansprechperson angesehen. Sie ist wissbegierig und freiheitsliebend. Ihre Geburtsdaten sind zwischen dem 25. und 3. Mai sowie dem 22. November und dem 1. Dezember. Die Hainbuche ist ein Genussmensch, der ein hohes Maß an Harmonie sucht. Sie gilt als vernünftig und schlau. Ihre Geburtsdaten sind zwischen dem 4. und 13. Juni sowie dem 2. und 11. Dezember. Die Erle ist eigenwillig und ein Freigeist, der ein gutes Gespür für Gefahren hat. Sie ist sehr emotional und eine gute Beraterin. Sie symbolisiert den Abschied vom Leben. Ihr Geburtsdatum liegt zwischen dem 14. und 19. Juni sowie zwischen dem 12. und 20. Dezember. Die Birke wurde am 20. Juni geboren und gilt als elegant, sympathisch und optimistisch. Ihr Symbol steht für ewige Jugend. Der Olivenbaum ist offenherzig und ausgeglichen. Sie sind harmonisch und haben einen starken inneren Frieden. Das Geburtsdatum ist der 22. September. Die Buche ist ein majestätisches Wesen. Sie besitzt eine starke Persönlichkeit und ein edles Gemüt. Sie gilt als die Mutter des Waldes. Ihr Geburtstag ist der 21. Dezember.

Ich spürte das weiche Moos unter meinen Füßen, das den Waldboden bedeckte. Moos kann keimtötende Eigenschaften haben und kann bei Brechreiz helfen. Moos wächst immer nach Norden, Kletterpflanzen nach Süden.

Auf den Wurzeln der Zeder saßen drei wunderschöne Frauen. Eine von ihnen hatte langes blondes Haar und wasserblaue Augen. Sie sang eine klangvolle Melodie. Eine andere hatte rote Haare, zarte Haut und grüne Augen. Sie spielte auf einer Trommel. Die letzte hatte warmes dunkelbraunes Haar, volle Lippen und hellbraune Augen. Sie spielte auf einer kleinen Harfe.

Leise ging ich zu ihnen hin.

«Wer seid ihr?», fragte ich verwundert.

«Wir sind die drei halben Schwestern, wir stammen alle von derselben Mutter, haben jedoch alle einen anderen Vater», sprach die mit den grünen Augen.

Es kam mir vor, als wäre ich am Träumen, ich kniff mich zur Sicherheit in den Unterarm.

«Warum tust du das?», fragte mich die mit den blonden Haaren.

«Ähm, ich wollte nur sicher gehen.»

Die drei Frauen sahen mich mit einem schrägen Blick an.

«Die Melodie ist sehr herrlich», lächelte ich diejenige mit den grünen Augen an.

«Wir danken dir», erwiderte diejenige mit den blonden Haaren.»

«Willst du tanzen?», fragte mich diejenige mit den vollen Lippen.

«Wie tanzen?», antwortete ich unsicher und kratzte mich am Nacken.

«Lass dich von der Melodie führen, löse deine Scham und lass dich gehen.»

«Aber mir ist nicht nach Tanzen.»

«Wir alle bestehen aus Schwingungen und Energie, die unseren Körper und unser Wesen ausmachen. Jeder Mensch, jede Pflanze und jedes Tier hat eine einzigartige Schwingung. Im Laufe der Zeit können wir jedoch aus dem Gleichgewicht geraten, ähnlich einem verstimmten Instrument. Doch durch Klangbehandlungen können wir die Harmonie wiederherstellen. Die Schwingungen und Klangwellen können sowohl über unseren Körper als auch über unser Energiefeld aufgenommen werden.»

«Das habe ich noch nie gehört», erwiderte ich skeptisch. Diejenige mit den hellbraunen Augen sprach.

«Du bist sehr verspannt, deine Aura ist außer sich. Komm, wir helfen dir.» Sie nahm mich an der Hand und lief ein paar Schritte, dann stellten sie sich vor mich.

«Wir entspannen uns zuerst, dann ist es einfacher, um loszulassen. Calista und Aisslin spielen die Melodie. Bewege dich wie ich.»

Verunsichert nickte ich ihr zu.

«Der Sonnengruß.»

Sie richtete sich entspannt auf, nahm die Hände zusammen, als würde sie beten.

«Richte deine Aufmerksamkeit auf deinen Atem. Atme durch die Nase ein und spüre, wie der Atem bis in den Bauch hinunterströmt. Halte einen Moment inne und atme dann langsam durch den Mund aus.»

Sie streckte ihre Hände in die Luft und öffnete sie, bevor sie sie wieder zusammenführte. Dann beugte sie sich nach unten und legte ihre Hände auf ihre Knie. Anschließend nahm sie ein Bein zurück, streckte es aus, beugte das vordere Bein und streckte ihren Körper nach oben, während ihre Hände die Sonne berührten. Sie beugte sich erneut nach unten und wiederholte die Übung.

«Das Dreieck.»

Sie stand vor mir aufrecht und hob ihren linken Fuß zur Seite, bevor sie wieder aufrecht stand. Dann beugte sie sich zur linken Seite und hielt ihren Fuß mit der Hand fest. Mit der rechten Hand streckte sie sich nach oben und drehte den Kopf zum Himmel. Sie richtete sich wieder auf, senkte ihre

Hände und wiederholte die Übung dann auf der rechten Seite. Die Melodie ließ mich tief entspannen. Sie stand wieder aufrecht, hob ihren linken Fuß an und stützte ihn oberhalb des Knies am anderen Bein ab, während sie ihren Körper lockerließ. Anschließend hob sie ihre Arme in die Luft und formte zuerst einen kleinen Kreis und dann einen großen Kreis. Sie hielt diese Position eine Weile, bevor sie es auf der rechten Seite wiederholte.

«Und fühlst du dich entspannt?»

«Ja, sehr», lächelte ich wohltuend.

«Nun darfst du dich auf den Boden legen und meiner Stimme folgen.»

Ich entschied mich, ihren Anweisungen zu folgen und mich darauf einzulassen. Was sollte mir schon passieren?

Die anderen Frauen begannen, auf der Klangschale zu spielen. Die Frau mit den hellbraunen Augen führte mich mit ihrer sanften Stimme durch die Klänge. Nach einer Weile hielt sie den Atem an, und ich hörte nur noch die Klänge der Schale. Ich verlor mich vollkommen darin und fühlte mich wie in einer flauschig warmen Decke gehüllt. Ein angenehmes Gefühl durchströmte mich, und ich nahm die Umgebung auf eine andere Art und Weise wahr.

«Amei, du kannst nun wieder zurückkommen.»

Meine Augen ließen sich nur schwer öffnen.

«Es war unglaublich!»

Ich hob mich wieder vom Boden auf.

«Nicht so stürmisch, Amel», stützte sie mich an meiner Schulter.

«Hat es dir gefallen?», fragte mich die mit den roten Haaren.

«Ja, sehr!», erwiderte ich mit einem großen Lächeln.

«Darf ich dich um deinen Namen bitten?»

«Alissia», entgegnete sie.

«Schöner Name, ich habe ihn noch nie zuvor gehört.

«Nun, sie sind auch keine gewöhnlichen Namen, sondern Elfennamen.»

«Elfen?»

«Elfen verkörpern Reinheit, Anmut und Schönheit. Sie sind faszinierende weibliche Wesen, die voller Magie und Strahlkraft sind. Mal erscheinen sie zart und verletzlich, dann wiederum stark und unbesiegbar.»

Ich vernahm aus der Ferne das Wiehern von Nara, drehte meinen Kopf in diese Richtung und spürte instinktiv, dass dies nichts Gutes verhieß.

«Ich muss gehen!»

Ohne zu zögern eilte ich den Weg zurück zum Lager, und die drei Frauen folgten mir.

Dort angekommen sah ich, wie ein Mann Einar festhielt.

«Lass ihn los!», rief ich mit wütender Stimme und warf ihm einen Stein entgegen, um Zeit zu gewinnen. Währenddessen eilte ich zu den Pfeilen, rollte mich ab und griff nach meinem Bogen. In dem Moment, als er ein Messer an Einars Hals hielt, zielte ich und schoss einen Pfeil, der den Mann zwischen den Augen traf. Einar sah mich erschrocken an.

«Das war haarscharf!»

«Wie wäre es mit einem Danke?»

«Dein Name ist Maylea, die Wildblume», sprach Alissia mit einem faszinierten Gesichtsausdruck.

«Das ist aber ein toller Name», erwiderte ich und lächelte freudig.

«Wer sind diese Frauen?», fragte mich Einar, der sich immer noch vom Schock erholte.

«Oh, Amei, du bist wie ein tollpatschiger Vagabund, der durch die Straße torkelt und eine ganze Schar von Katzen hinter sich herzieht. Nur bei dir sind es wunderschöne Frauen und keine Katzen. Eigentlich ist das gar nicht so übel», lachte Einar, und ich rollte nur mit meinen Augen.

«Leider müssen wir weiterziehen», entgegnete sie, und wir verabschiedeten uns.

«Wer waren jetzt die Frauen?», fragte mich Einar mit Neugier erneut.

«Das ist mein Geheimnis», erwiderte ich provokativ.

Einar lief auf mich zu, nahm meine Hand mit dem Bogen und fragte mich.

«Amei, kannst du mir deine Präzision beim Bogenschießen zeigen?»

Mein Bauch drehte sich, als würde mir schlecht werden, und ich zog meine Hand von Einar zurück.

«Ja, warum nicht?», zuckte ich leicht mit meinen Achseln und meine Wangen erröteten sich, weil ich nie erwartet hätte, dass mich Einar jemals um Hilfe bat.

Wir liefen auf das Feld und ich fragte Einar.

«Mit welcher Hand ziehst du?»

Einar testete es in der Luft.

«Mit rechts», erwiderte er.

«Beobachte mich.»

Ich stellte meine Füße parallel zueinander, nahm den Bogen fest in meine linke Hand und richtete mich auf. Mit meiner rechten Hand spannte ich den Bogen, während ich die Sehne dicht an mein Gesicht führte. Meine Arme waren in einer geraden Linie ausgestreckt. Ich schloss mein linkes Auge, atmete ruhig ein und löste den Schuss, um einen Apfel vom Baum zu treffen.

«Jetzt bist du an der Reihe, das Schießen selbst ist nicht schwer, achte auf die richtige Haltung.»

Einar probierte es nach.

«Nimm den Bogen noch etwas runter, damit du eine gerade Linie ergibst, sonst triffst du das Ziel nicht», sagte ich und stand hinter Einar, korrigierte seine Schulter und seine Finger auf dem Pfeil.

«Danke.»

Einar drehte seinen Kopf leicht zu mir und wir blickten uns einen Moment lang in die Augen. Ein merkwürdiges Gefühl überkam mich und ich trat einen Schritt zurück, um etwas Abstand zu gewinnen. Einar löste seinen Schuss und traf knapp an einem Apfel vorbei.

«Das war nicht schlecht. Mach weiter mit dem Training. Wenn wir aufbrechen, können wir nach dem richtigen Holz für deinen Bogen und deine Pfeile suchen. Ach ja, lass den Bogen niemals los, wenn du keinen Pfeil abschießt, und schieße niemals einen Pfeil ab, wenn sich jemand vor dir befindet.» «Danke, Amei, das ist selbsterklärend.»

Ich sah ihn an und zog eine Augenbraue hoch.

«Richte dein Handgelenk leicht nach außen und beuge deinen linken Ellbogen leicht, damit die Sehne dich nicht verletzt. Das sieht perfekt aus. Und jetzt schieß los!»

Einar traf einen Apfel.

«Hast du es gesehen?»

«Ja, das habe ich», lächelte ich voller Stolz.

«Warum kannst du nicht Bogenschießen?», fragte ich verwundert Einar.

«Ich kann schießen, aber nicht so gut wie du.»

Er schmeichelte mir. Einar zog den Bogen wieder auf.

«Warte.»

Voller Eifer ergriff ich Einars Arm mit einer Hand und drückte mit der anderen Hand sanft auf seinen Bauch. Einar drehte seinen Kopf zu mir, sodass unsere Gesichter sich beinahe berührten. Wir blickten uns einen Moment lang in die Augen, bevor ich verlegen meinen Blick auf den Pfeil lenkte.

«Und jetzt schieß.»

Einar ließ los und traf noch einen Apfel.

«In der Haltung liegt die Präzision», lächelte er mir zu.

Die Reise zu mir selbst

«Hörst du es?», fragte mich Einar.

«Ja, ich höre es.»

Plötzlich hörten wir das Galoppieren eines Pferdes in unsere Richtung. Schnell griff ich in meine Tasche und zog ein langes Seil heraus. Ich warf das andere Ende des Seils zu Einar.

«Wir müssen das Seil spannen!», forderte ich Einar auf, und wir versteckten uns hinter einem Baum.

Ein Mann galoppierte durch den Wald, vor dem Seil parierte er in den Trab und hielt an.

«Kommt heraus, ich weiß, dass jemand hier ist.»

Einar und ich sahen uns irritiert an und kamen aus unserem Versteck hervor.

«Woher wusstet ihr, dass wir uns verstecken?»

«Ich habe da so ein Gespür, außerdem tut man das nicht. Kommt, ihr könnt mit mir mitkommen, ihr seht sehr erschöpft aus.»

Das ging mir etwas zu schnell.

«Warum wollen Sie uns helfen?»

«Ich habe eine gute Menschenkenntniss. Ihr könnt mir vertrauen und mitkommen. Ich kann euch Schutz für diese Nacht bieten. Andernfalls könnt ihr hierbleiben, hungrig und im Regen übernachten. Die Entscheidung liegt bei euch.»

Mit einer Handbewegung drehte sich sein Pferd und lief los.

Einar warf mir einen misstrauischen Blick zu, aber dennoch folgte ich ihm durch den Wald, bis sich ein imposanter Berg vor uns erhob.

«Müssen wir hier hoch?», fragte ich verzweifelt.

«Ja, außer du willst hier warten», erwiderte der alte Mann und ritt voraus.

«Amei, wir müssen den Berg ohnehin überqueren, um nach Romania zu gelangen.»

«Ach, wenn es sein muss», stöhnte ich erschöpft und ging weiter.

Einar ritt neben mir, während der alte Mann vor uns war.

«Amei, ich schwöre, wenn du uns schon wieder in eine schwierige Situation bringst, dann lasse ich dich hier und erfülle den Auftrag allein.»

«Schwierige Situation?», zischte ich zickig.

«Also einfach, dass es dir klar ist. Ich hätte mich bei den Romanischen Kriegern selbst verteidigen können, und gestern habe ich dir dein Leben gerettet. Die einzige schwierige Situation, in der ich mich befinde, ist, dass ich, mit so einem undankbaren Stinkstiefel wie dir, nach Romani reiten muss.» Ich trieb mein Pferd an und trabte zum alten Mann vor.

Wir kamen mitten in der Nacht im Lager des alten Mannes an.

Wir betraten die Höhle, die als Lager diente. Ein schwaches Feuer brannte, und zahlreiche Kräuter waren zum Trocknen aufgehängt. Der alte Mann holte weiteres Holz und legte es auf das Feuer. Einar legte sich ohne zu zögern hin und schlief ein.

«Wer sind Sie?», fragte ich den alten Mann.

«Nenne mich den alten verrückten Druiden, wie alle anderen», antwortete er und lächelte, dabei fehlte ihm ein Schneidezahn.

«Einen anderen Namen besitzen Sie nicht?»

«Natürlich, mein Name ist Ive und wie heißt du, junge Frau?»

«Amei. Woher kommen Sie?», antwortete ich und stellte dem alten Mann, ohne Luft zu holen, noch eine Frage.

«Ich komme aus dem Ort Bois.»

Ich nickte interessiert mit dem Kopf und überlegte dabei, in welche Richtung dieser Ort liegt.

«Mehr verrate ich bisher nicht. Geh schlafen, Amei, es war ein langer Tag.» Befahl mir der alte Mann und ich folgte ihm auf sein Wort, warum wusste ich nicht.

«Gute Nacht.»

Ich legte mich neben Einar ans Feuer und schlief ein. Doch ein unheimlicher Traum verfolgte mich. Ich träumte von Oraya und dann von Julian, wie er mich gefangen nahm.

«Amei, öffne deine Augen.»

Als ich die Stimme des Druiden hörte, öffnete ich meine Augen und sah sein Gesicht direkt vor mir. Erschrocken zuckte ich zusammen.

«Sehe ich so schlimm aus?», lachte er und zog mir dann meine Decke weg. Ich sah ihn mir genau an.

Der alte verrückte Druide hatte wildes, zerzaustes Haar, das in alle Richtungen abstand. Sein Bart war lang und verfilzt, und darin waren kleine Zweige und Blumen verstrickt. Seine Augen funkelten wie zwei lebhafte Sterne und hatten einen geheimnisvollen Glanz. Sein Gesicht war von tiefen Falten durchzogen, die von jahrelanger Weisheit und Erfahrung zeugten. Er trug einen langen, zerlumpten Umhang, der mit Moos und Blättern bedeckt war. Bei jedem Schritt hinterließ er eine Spur aus Blütenblättern und Kräutern, die einen betörenden Duft verströmten. Sein

Auftreten war eigenartig und faszinierend zugleich, und man konnte spüren, dass er eine tiefe Verbindung zur Natur und den Geheimnissen des Universums hatte.

«Folge mir», fügte er hinzu und winkte mich zu sich.

Wir liefen aus der Höhle und standen an einer Klippe, von der ein Bach entsprang, der einen Vorsprung hinunterfloss.

«Deine Chakren sind völlig außer Balance.»

«Chakren?», hinterfragte ich.

«Die Energie in deinem Körper fließt ähnlich wie das Wasser in diesem Bach. Es gibt mehrere Energiezentren, die wie Becken in deinem Körper wirken. Das Wasser wird darin verwirbelt, bis es weiterfließen kann. Diese Becken repräsentieren unsere Chakren. Wie in der Natur können viele Dinge in den Bach fallen und den Fluss blockieren. Doch wenn wir diese Blockaden öffnen, kann die Energie wieder kraftvoll fließen. Setz dich, Amei.»

Wir saßen vor dem Vorsprung.

«Im Körper gibt es sieben Chakren, die sich über den Körper verteilen. Jedes dieser Energiezentren hat eine spezifische Funktion und kann durch emotionalen Stress blockiert werden. Das Öffnen der Chakren kann eine äußerst intensive Erfahrung sein. Wenn du damit beginnst, musst du alle sieben Chakren öffnen.»

Ich nickte dem alten Mann zu, verstand jedoch kein Wort.

«Unser erster Schritt wird sein, das Wurzelchakra zu öffnen, das sich am unteren Ende der Wirbelsäule befindet und für unser Fundament im Leben verantwortlich ist. Es wird oft von Ängsten blockiert. Du musst dir bewusstwerden, wovor du dich am meisten fürchtest, um diese Ängste zu überwinden.»

«Meine größte Angst ist die Zukunft», erwiderte ich.

«Befreie dich von der Angst, lass sie wie den Fluss des Baches vorbeiziehen. Atme ein, halte den Atem an und konzentriere dich auf deine Ängste. Beim Ausatmen lässt du die Angst los.»

Ich folgte seiner Anweisung.

«Als Nächstes kommen wir zum Wasserchakra, das für Freude zuständig ist und oft durch Schuldgefühle blockiert wird. Nimm dir einen Moment, um in dich zu gehen und dir bewusst zu werden, wofür du dir Schuld gibst, Amei?»

«Der Tod von Oraya. Ich nahm Fias, Seelenpferd», antwortete ich.

«Es ist wichtig zu verstehen, dass diese Ereignisse bereits geschehen sind und du lernen musst, dir selbst zu vergeben. Atme erneut ein und dann aus.

69

Das dritte Chakra, das Feuerchakra, befindet sich in deinem Bauchbereich. Es ist für deine Willenskraft verantwortlich und wird oft durch Scham blockiert. Denke darüber nach, wann du dich selbst am meisten enttäuscht hast.»

«Als ich bei einem wichtigen Teil meines Lebens nicht zu mir selbst stand.»

«Es ist wichtig, dass du in deinem Leben niemals das Gleichgewicht finden wirst, wenn du diesen Teil deines Lebens verleugnest. Atme ein und lass es dann los.

Das vierte Chakra befindet sich auf der Höhe des Herzens und ist für die Liebe zuständig. Es wird oft durch Kummer blockiert. Erinnere dich an all den Kummer, den du erlebt hast. Liebe ist eine Form der Energie, die überall um uns herum existiert.»

«Mein größter Kummer war, von einer meiner liebsten Menschen hintergangen zu werden.»

«Lass den Kummer los.»

Ich atmete ein, hielt den Atem, dachte an all den Schmerz und die Lügen und ließ es mit dem Ausatmen los.

«Das fünfte Chakra ist das Halschakra, das sich im Kehlkopf befindet. Es ist mit Ehrlichkeit verbunden und wird oft durch Selbstlügen blockiert. Wir erzählen uns manchmal Lügen, die uns selbst davon abhalten, die Wahrheit anzuerkennen.»

«Ich rede mir immer wieder ein, dass ich etwas nicht kann, obwohl ich mir eigentlich bewusst bin, dass ich dazu in der Lage wäre.»

«Akzeptiere dich selbst und sieh, wie viel stärker du wirst. Lass es los. Das sechste Chakra, auch bekannt als das dritte Auge, befindet sich über der Nasenwurzel, zwischen den Augenbrauen. Es repräsentiert Einsicht und wird oft durch Illusionen und Neid blockiert. Die größte Illusion in der Welt ist die Trennung. Dinge, die du als getrennt und unterschiedlich betrachtest, sind in Wahrheit eins und dasselbe. So wie viele Stämme, dennoch sind wir alle ein Volk. Alles ist miteinander verbunden. Öffne deinen Geist und dein Herz für diese Erkenntnis.»

Ich atmete ein und hielt den Atem an. Mir wurde vollkommen bewusst, dass wir alle eins sind, und beim Ausatmen ließ ich es los.

«Das Kronenchakra befindet sich direkt auf dem Scheitel und stellt die Verbindung zum Kosmischen und Göttlichen her. Es wird oft durch irdische Bindungen blockiert.»

Ich dachte über meine Freunde Nara, Alo und mein erstes Kind nach, das ich haben könnte.

«Warum sollte ich diese Dinge loslassen?»

«Du musst lernen, sie loszulassen, sonst wirst du die kosmische Energie nie aufnehmen können. Du musst endlich lernen loszulassen, du musst dich ihnen völlig hingeben.»

«Ich versuche es.»

«Jetzt denke an deine Bindungen und lass sie los, lass die kosmische Energie fließen.»

Ich ging in mich und spürte die Energie durch meinen ganzen Körper fließen. Ich fand mich selbst und wusste endlich, wer ich war.

«Du hast es geschafft», lächelte mich der alte Mann begeistert an.

«Ich fühle mich stärker.»

«Wenn du möchtest, können wir in zwei Tagen noch die Hypnose ausprobieren.»

«Ich weiß nicht, was das ist, aber ich bin offen für neue Dinge.»

«Du musst dich aber noch von dieser Erfahrung erholen.»

«Wo haben Sie diese Technik erlernt?»

«Auf meinem Lebensweg habe ich einen engen Freund kennengelernt, der aus einem orientalischen Land kam und es mir beigebracht hat.»

Einar kam auf uns zu und wir beendeten das Gespräch.

«Möchtest du die Ortschaft erkunden?», fragte er mich.

«Ein bisschen frische Luft schnappen, ist jetzt sicher gut.»

Ive zwinkerte mir zu.

«Bis später, Ive», winkte er mir zum Abschied.

Einar und ich marschierten los, einen steilen Weg hinunter, bis wir auf einer Lichtung ankamen.

«Einar, schau mal, hier gibt es viele Kräuter. Ich werde ein paar für Ive sammeln.»

Wir liefen weiter durch das Alpenfeld.

«Hier, Einar, eine Edelweiß-Blume. Sie wirkt gegen Krämpfe, akute und chronische Entzündungen und schützt die Gefäße.»

Einar nickte desinteressiert und schaute an mir vorbei.

«Amei, Vorsicht!»

Plötzlich wurde ich von Einar zu Boden gerissen, während ein Pfeil knapp an uns vorbeiflog. An seinem Hemd bemerkte ich eine Kette mit dem Symbol des Lebensbaums, auch bekannt als Weltenbaum Yggdrasil. Dieser Baum symbolisiert die neun Welten, wobei seine Wurzeln für die Unterwelt Helheim stehen, der Stamm für das irdische Leben, Midgard genannt wird, und die Baumkrone für die göttliche Welt Asgard. Der Lebensbaum repräsentiert die ewige Verbundenheit und wird als Esche dargestellt. Einars Heilstein ist ein Azurit, der geistige Kräfte fördert, die

Sinneswahrnehmung stärkt und den Körper von negativen Energien entgiftet.

«Die Romanis!»

«Einar, ich bin unter dir, du musst nicht so laut schreien.»

Einar half mir hoch, während einer der Krieger auf uns zu rannte. Ich nahm meinen Dolch von meinem Gurt und stieß ihn ihm ins Herz.

«Guter Wurf», sprach Einar, reichte mir seine Hand und half mir hoch.

«Es kommen noch mehr!»

Ich griff nach meinem Bogen und einem Pfeil und schoss einen der romanischen Krieger nieder. Einar zog sein Schwert und kämpfte mutig gegen zwei weitere Krieger. Ein großer, kräftiger Mann näherte sich mir, doch ich wich geschickt aus und entwendete ihm sein Schwert aus dem Gurt.

«Danke, das kann ich gut gebrauchen.»

Er suchte am Boden nach einer Waffe und fand einen großen Ast, den er ergriff und zum Schlag ausholte. Doch ich konnte den Angriff mit meinem Schwert abwehren. Einar und ich standen Rücken an Rücken und kämpften unermüdlich, bis der letzte romanische Krieger zu Boden fiel. Wir waren erschöpft, mit Blut bedeckt und von kleinen Wunden gezeichnet.

«Wir wachsen noch zu einem guten Team heran», sprach ich und lächelte Einar an, der es erwiderte.

«Ich dachte, ich bin ein undankbarer Stinkstiefel.»

«Das bist du auch», lächelte ich ihm frech zu.

«Nein, Spaß. Ich war hungrig und genervt.»

«Genervt? Du warst zickig», zog er seine Augenbrauen hoch.

Ich sah ihn mit einem ernsten Blick an.

«Ich war nicht zickig! Wie kannst du nur mir ins Gesicht sagen, dass ich zickig war?»

Einar sah mich mit einem ratlosen Blick an.

«Sag nie einer Frau, dass sie zickig war.»

«Warum nicht?» zuckte er fragend mit seinen Achseln.

«Das ist abwertend, so habe ich das Gefühl, dass du mich nicht ernst nimmst.»

«Okay?»

«Du verstehst es nicht, ich erkläre es dir auf eine einfache Frage. Sagst du jemals einem Mann, dass er zickig ist, wenn er wütend wird?»

«Nein.»

«Verstehst du es jetzt?»

«Nein.»

«Ach bei den Göttern, als würde ich es einem Höhlenmenschen erklären.»

Einar lachte liebevoll, daraufhin musste ich auch lachen.

«Komm, Amei, gehen wir zurück, bevor die Sonne hinter den Bergen verschwindet.»

Wir genossen unser Essen und Begaben uns dann zur Ruhe. Die Nacht verging schnell und erholsam für mich.

Bevor die Sonne das Land berührte, erwachte ich und machte mich mit Nara und Alo auf den Weg durch die Wälder, bis wir schließlich eine Lichtung erreichten.

Ich pfiff leise, verbeugte mich leicht und streckte eine Hand aus. Nara senkte den Kopf und richtete ihre Ohren auf mich, bevor sie losging. Ich richtete mich auf und hielt meine Hand vor Nara, sie senkte leicht den Kopf und legte die Ohren nach hinten.

Nara hat ihren eigenen Willen und zeigt Interesse, erlaubt mir, eine Verbindung aufzubauen. Diese Verbindung muss jedoch von beiden Seiten kommen. Viele glauben, dass man ein Pferd zähmen kann, indem man seinen Willen bricht und es dazu bringt, alles zu tun, was der Reiter verlangt. Dabei spielt es keine Rolle, ob es der Natur des Pferdes entspricht oder nicht, es wird einfach erzwungen. Eine tiefe Verbindung kann jedoch nur aus freiem Willen entstehen. Man sollte sich nicht als Anführer, sondern als Freund sehen. Pferde sind weitaus intelligenter, als wir denken. Sie spüren die Natur, das Übernatürliche und Gefahren viel eher als wir. Wer glaubt, dass eine Verbindung durch Disziplin, Gewalt und Macht aufgebaut wird, sollte besser nicht reiten. Pferde sind ästhetische, freiheitsliebende Geschöpfe, gewissenhaft, kraftvoll, mutig, magisch und bringen tiefe Einsicht mit sich.

In unserer Kultur symbolisiert ein weißes Pferd das Göttliche, aber auch etwas Teuflisches. Es repräsentiert die Sonne und den Mond, die Frau und den Mann. Ein Rappe deutet darauf hin, dass in einem eine verborgene Leidenschaft brodelt und man sich nach Bedeutung sehnt. Ein braunes Pferd steht für Vernunft und die Notwendigkeit, wichtige Entscheidungen zu treffen. Wenn du mit deinem Pferd arbeiten möchtest, fordere es heraus und wenn es die Herausforderung annimmt, könnt ihr frei trainieren. Will es jedoch nicht, dann lass es und zwinge ihm deinen Willen nicht auf. Kommuniziere mit den Pferden über Körperhaltung. Beobachte eine Herde und lerne ihre Sprache, sie Kommunizieren durch ihre Ohren, Augen, Nase, Mund, Schweif und Beine. So wirst du sie verstehen und gerecht handeln können. Vergiss jedoch nie, auch Spaß mit dem Pferd zu haben, das fördert die Verbindung. Es gibt kein Lehrbuch, um perfekt mit Pferden umzugehen, du wirst Fehler machen, wie jeder andere auch. Wenn du jedoch Regeln aufstellst, sei konsequent zu dir selbst und dem Pferd. Höre auf deinen Bauch und dein Herz, sie werden dir die richtigen Antworten geben. Aber vergiss nie, dich für falsches Handeln zu entschuldigen, denn dein Pferd wird es verstehen und dir verzeihen. Je nach Schicksal kann eure Verbindung schwächer oder stärker sein. Wenn du das Pferd seit Fohlen hast oder schwere Zeiten gemeinsam durchgestanden habt, wird die Verbindung gestärkt. Wie bei Menschen können auch Pferde unsympathisch sein. Jedes Pferd hat einen anderen Charakter, Vorzüge und Nachteile. Du musst individuell auf jedes Pferd eingehen, denn jedes Pferd braucht etwas anderes. Manchmal denkt man, es passt, merkt aber mit der Zeit, dass man doch nicht zusammengehört. Dann ist es fair für beide Seiten, das Pferd gehen zu lassen, damit es einen anderen Seelenpartner finden kann. Am Ende wirst du sehen, dass du und dein Pferd auf ehrliche und respektvolle Weise zusammengewachsen seid.

Wir liefen durch das Feld und gelangten schließlich zu einer Klippe. Dort sah ich eine Herde Wildpferde, angeführt vom Leithengst, gefolgt von der Leitstute. Ein Fohlen biss eine Stute, die ihren Kopf schnell mit zurückgerissenen Ohren zum Fohlen drehte.

«Das war eine Warnung.»

Pferde sind nicht immer freundlich zueinander, manchmal beißen sie sich, um ihre Grenzen zu setzen oder in einem Kampf. Wenn ihnen etwas nicht gefällt, legen sie die Ohren nach hinten und bewegen ihren Schweif. Hört der andere nicht, treten sie blitzschnell zu, um die Warnung deutlich zu machen. Es ist, als würden sie „Stopp" sagen.

Ich kehrte zum Feld zurück und stand vor Nara, die mich leicht am Bauch stupste. Plötzlich rannte ich los und Nara war kurz irritiert, bevor sie in Windeseile los galoppierte. Ich rannte in Zickzack-Mustern vor ihr her, während sie ihren Kopf warf und mit den Hinterbeinen ausschlug. Man konnte sehen, dass sie es aus Freude tat. In einer Kurve berührte sie mich mit ihrer Nüster, dann drehte um und ich rannte ihr hinterher. Wir spielten dieses Spiel eine Weile, bis mir die Luft ausging.

«Warte Nara, ich kann nicht mehr.»

Sie trat vor, mich und begann auf der Stelle zu traben, offensichtlich um mich zu beeindrucken. Anschließend kam sie zu mir und signalisierte, dass sie gestreichelt werden wollte. Dadurch wurde deutlich, dass wir eine gewisse Vertrautheit miteinander hatten und ich für sie eine Bedeutung hatte, dass ich nicht nur irgendeine Fremde unter vielen bin. Gemeinsam liefen wir zurück zur Höhle, wo Ive bereits ungeduldig auf mich wartete.

«Morgen Amei, bist du bereit für die Hypnose?»

«Ich wollte mich ein wenig hinlegen.»

«Komm jetzt, du Faulpelz, wir können es gleich hier tun.»

Ich atmete tief aus.

«Na gut.»

Ich rieb mir die Augen und stieg ab.

«Ich werde dir nun erklären, was Hypnose ist. Durch Hypnose können Blockaden aus der Vergangenheit, sei es aus früheren Zeiten oder vergangenen Leben, gelöst werden. Jede Familie trägt eine Art Schnur, die mit Blockaden gefüllt ist. Es gibt Familienblockaden, Beziehungsblockaden und persönliche Blockaden. Mithilfe der Hypnose ist es möglich, an diesen Punkt zurückzugehen und dort die Blockade zu lösen. Manchmal können Beziehungsblockaden aus vergangenen Leben stammen. Die Familienblockaden werden von Generation zu Generation weitergegeben, von Großmutter zu Mutter, von Mutter zu Tochter, von Tochter zum Kind. Durch Hypnose kannst du diese Verbindung wie mit einem Messer durchschneiden und dich davon trennen. Während der Hypnose werde ich dich mit meiner Stimme führen. Du wirst dabei noch bei Bewusstsein sein, aber möchtest dich nicht bewegen. Gemeinsam werden wir in deine Vergangenheit zurückgehen und deine traurigsten, wütendsten, schmerzhaftesten und glücklichsten Momente noch einmal durchleben. Dies kann dir helfen, loszulassen, wenn du es noch einmal erlebst. Lege dich ans Lagerfeuer. Es ist wichtig, dass du dich wohlfühlst. Lasse dich nicht ablenken und folge meiner Stimme, denn ich bin dein geistiger Führer.»

Ich ließ mich völlig treiben.

«Amei, hörst du mich? Öffne deine Augen.»

Ich sah Ive einen Moment an, bis ich meine Worte fand.

«Ich fühle mich, als wäre ich von einer Kuhherde überrannt worden, aber irgendwie auch leicht und glücklich.»

«Du warst lange weg, das habe ich nicht erwartet.»

«Es war sehr intensiv», mir lief eine Träne über meine Wange, ich tastete mit meinen Fingern meine Wange ab und rieb die Träne weg.

«Wie großartig! Behalte dein Geheimnis für dich und teile es nur mit denen, von denen du denkst, dass sie dafür bereit sind.»

«Das werde ich», ich schenkte Ive ein Lächeln mit diesen Worten.

«Ich werde ein köstliches Mahl für heute Abend zubereiten, denn ihr zieht morgen ja leider weiter.»

lächelte er mich an und verschwand. Ich streckte meinen Körper und erhob mich.

Heute war ein Tag der Erholung für uns. Wir genossen die Sonne, tranken Tee und entspannten uns. Nara graste friedlich und Alo erkundete neugierig die Umgebung.

«Das ist herrlich, das ist genau das, was wir schon lange einmal gebraucht haben.»

«Wie wahr», erwiderte Einar.

Die Nacht brach herein und wir saßen um das Feuer, aßen zusammen das herrliche Mahl und verstanden uns gut.

«Ive, das schmeckt ausgezeichnet.»

«Danke, Amei. In die Suppe habe ich einige Kräuter verarbeitet und eine Kuhzunge hinzugefügt», erwiderte er voller Stolz.

Ich sah Ive entgeistert an, wechselte aber sekundenschnell meinen Gesichtsausdruck zu einem höflichen und unangenehmen Lächeln.

«Einar, wir hatten kaum Zeit zu reden. Erzähl mir, woher du kommst?», fragte Ive.

Ich nutzte die Ablenkung, um meine Suppe heimlich auszuleeren.

«Ich stamme aus Skythien, einem Volk von Reiternomaden. Unsere Existenz ist eng mit unseren Pferden verbunden, denn sie sind nicht nur unsere treuen Begleiter, sondern auch unverzichtbare Helfer in der Landwirtschaft. Wenn man sein Seelenpferd findet, entwickelt sich eine tiefe Bindung, die ein Leben lang anhält und von gegenseitiger Liebe und Schutz geprägt ist. Unsere Kultur begann mit der Pferdezucht, und wir sind stolz darauf, die besten Reiter aus aller Welt zu haben. Es ist bekannt, dass wir Pferdefleisch essen und Stutenmilch trinken. Unsere Krieger trinken aus den Schädeln ihrer besiegten Feinde, und wir sind geschickte Schiffsbauer, die auf dem weiten Meer segeln und Angst und Schrecken verbreiten. Unsere Frauen, die Amazonen genannt werden, sind starke Kriegerinnen. Sie beherrschen das Reiten, das Bogenschießen, den Umgang mit Wurfspeeren und Wurfmessern. Wir errichten eindrucksvolle Hügelgräber und legen darin verschiedene Goldschätze als Zeichen der Ehre ab. Wir tragen mit Stolz Tätowierungen, Pelze, Schmuck und Hüte. Die Größe des Hutes ist ein Symbol für den gesellschaftlichen Status. Meine Mutter trägt den Namen Runa, das Geheimnis, und mein Vater heißt Lucius, das Licht. Als nächster Thronfolger von Skythien trage ich eine große Verantwortung.»

«Lucius ist ein romanischer Name», hinterfragte Ive nachdenklich.

«Ja, das ist richtig. Meine Mutter hat das Leben meines Vaters gerettet, und er verliebte sich in sie, was dazu führte, dass er den Romanis den Rücken kehrte.»

«Eine richtige Liebesgeschichte!», erwiderte Ive und schmunzelte mir zu.

«Amei, ich kenne jemanden, der tief in den Wäldern lebt, der dir den Stockkampf beibringen kann.»

Ive erklärte mir den Weg zu dieser Frau, währenddessen lief Einar aus der Höhle.

«Ich sehe mal nach Einar.»

Ich bedankte mich für das Mahl und lief Einar nach.

«Ich liebe die Sterne, du auch?»

Er nickte leicht, und für einige Sekunden beobachtete ich ihn aufmerksam. Es war das erste Mal, dass mir bewusstwurde, dass Einar auch eine verletzliche Seite hatte.

Einar ist ein beeindruckender Mann mit braunen Augen und braunschwarzem Haar, das wild und leicht lockig fällt. Sein Gesicht ist markant. Er hat volle Lippen, die oft zu einem charmanten Lächeln geformt sind. Sein Körper ist kräftig und muskulös, was auf seine Stärke und Ausdauer hinweist. Auf seiner Haut sind verschiedene Tattoos zu sehen, die seine Persönlichkeit und seine Geschichte widerspiegeln. Einar ist groß und überragt die meisten Menschen um sich herum, was ihm eine imposante Erscheinung verleiht. Sein Auftreten strahlt Selbstbewusstsein und Entschlossenheit aus.

Gemeinsam sahen wir in die Sterne.

«Das Hexagramm, ein Sechsstern, wird als Schutzsymbol angesehen und soll vor Dämonen und Feuer schützen. Der Drudenfuß hingegen ist ein Fünfstern und symbolisiert die göttliche Ordnung, vor der alle Kräfte der Unordnung weichen müssen. Er soll vor Geistern, Verwirrung und Zerstörung schützen», ich zeigte ihm die Sternbilder mit meinen Fingern.

«Los, gehen wir ruhen, morgen werden wir ein Stück näher an Romania sein», sprach er mit kühler Stimme.

Einar verschwand im Licht des Mondes und ließ mich stehen.

«Habe ich etwas Falsches gesprochen?», fragte ich und sah Alo an, der darauf nur den Kopf auf die Seite legte.

«Also, ein guter Ratgeber bist du nicht», fügte ich hinzu und winkte Alo zum Gehen. Wir liefen in die Höhle, legten uns ans Feuer und schliefen ein.

Ich wachte früh am Morgen auf, rieb mir verschlafen die Augen und stand auf.

«Guten Morgen, Ive.»

«Morgen, Amei», lächelte er mir zurück.

«Bevor du weiterziehst, wollte ich noch mit dir sprechen. Ich kenne den Grund deines Hierseins und wohin dich dein Ziel führt. Ich habe einen Rat für dich, der dir helfen wird, dein Ziel zu erreichen. Wenn du in Romani bist, bewahre Ruhe, halte dich zurück und immer, wenn du wütend wirst, atme tief ein und lass es los. Vertraue mir.»

Ich konnte nicht ganz verstehen, worauf er hinauswollte, aber ich entschied mich, nicht weiter darauf einzugehen, da ich meine eigenen Gedanken hatte.

«Na gut», zuckte ich mit den Schultern und wir verabschiedeten uns dankbar von ihm.

So zogen wir weiter, Richtung Lepond.

Wir liefen den ganzen Tag, bis spät in den Abend.

«Einar, ich kann nicht mehr.»

Mein ganzer Leib schmerzte und ich war so müde, dass ich kaum meine Augen aufbehalten konnte.

«Ruhen wir uns hier aus», sprach Einar mit bestimmter Stimme.

Ich fragte mich, was mit Einar los war, denn seit gestern benahm er sich merkwürdig.

«Den Göttern sei Dank!»

Ich rutschte erschöpft von Nara, entzündete ein Feuer und dann legten wir uns hin.

«Ich bin so müde.»

jammerte ich immer wieder vor mich hin.

«Einar magst du mir eine Geschichte erzählen?»

«In den weiten Steppen von Skythien lebte einst ein tapferer Krieger namens Arvid. Arvid war bekannt für seine Stärke und seinen Mut, und sein Name wurde in den Dörfern und Städten der Region verehrt.

Eines Tages erhielt Arvid eine Vision von einem geheimnisvollen Schatz, der tief in den Bergen von Skythien verborgen war. Die Vision zeigte ihm den Weg zu einem alten Tempel, der von gefährlichen Kreaturen bewacht wurde.

Arvid machte sich sofort auf den Weg, begleitet von seinem treuen Pferd und seiner mächtigen Axt. Er durchquerte die endlosen Steppen und bestieg die steilen Berge, bis er schließlich den Tempel erreichte.

Im Inneren des Tempels fand Arvid eine Reihe von Prüfungen, die er bestehen musste, um den Schatz zu erreichen. Er kämpfte gegen wilde Bestien, überwand tödliche Fallen und löste knifflige Rätsel.

Nach vielen Stunden des Kampfes und der Anstrengung erreichte Arvid schließlich den heiligen Schrein, in dem der Schatz aufbewahrt wurde. Es war ein goldenes Schwert, das mit magischen Kräften durchdrungen war. Arvid nahm das Schwert in seine Hände und spürte sofort die immense Macht, die von ihm ausging. Er wusste, dass er nun zum Beschützer seines Volkes und zum Hüter der Skythischen Steppen bestimmt war.

Mit dem goldenen Schwert kehrte Arvid in sein Dorf zurück und wurde als Held gefeiert. Er setzte sein Leben dafür ein, die Menschen von Skythien vor Bedrohungen zu schützen und für Frieden und Gerechtigkeit zu kämpfen.

Die Sage von Arvid, dem tapferen Krieger von Skythien, wurde von Generation zu Generation weitergegeben und erinnert die Menschen daran, dass Mut und Entschlossenheit immer belohnt werden.»

«Das war eine schöne Geschichte, danke Einar.»

Ich schloss meine Augen und schlief nach wenigen Minuten ein.

«Gute Nach Amei.»

Ganz nah an Romania

«Amei, hörst du es auch?», fragte Einar mich und riss mich aus meinem Tiefschlaf.

«Was?»

Ich erschrak so sehr, dass ich aufsprang und versuchte mich zu orientieren.

«Hör doch!»

«Ich höre nur, wie mein Herz vor Schreck rast!»

«Hörst du die Stimmen?», fragte mich Einar erneut und nun hörte ich es auch.

«Ja, jetzt höre ich die Musik.»

Einar erhob sich vom Feuer und lief in den dunklen Wald.

«Warte!», rief ich ihm nach.

Die Stimmen führten uns tief in den düsteren Wald, bis wir schließlich auf zwei alte Damen stießen, die im Schein eines Feuers saßen. Eine von ihnen spielte auf den Trommeln, während die andere in einem anmutigen Rhythmus tanzte.

«Einar, wir gehen lieber», schlug ich mit einem unguten Gefühl vor.

«Nein, warte, ich kenne das, wir haben ein ähnliches Ritual.»

«Ich höre euch, kommt hervor und zeigt euch.»

Wir blieben auf der Stelle stehen.

«Kommt jetzt!», rief die Stimme im Dunkeln noch einmal und wir traten vorsichtig ins Licht.

«Warum schleicht ihr mitten in der Nacht umher?»

«Wir hörten euren Gesang», erwiderte Einar.

Eine der alten Damen sah Einar zuerst mit einem ernsten Blick an und dann wurde sie weicher.

«Ihr seid gute Menschen, das spüre ich. Ihr seid hier herzlich willkommen. Wollt ihr auch mittanzen?»

Ich fragte mich, warum die Menschen, denen wir begegneten, immer so offen waren. Vielleicht hatten sie einfach zu wenig Gesellschaft und wir waren die Einzigen, die sie in den Wäldern antrafen.

«Ich kenne diesen Tanz nicht», erwiderte Einar.

«Ich würde gerne tanzen.»

Es war ein symmetrischer Tanz und ich beobachtete fasziniert, wie sie sich elegant bewegte, während ich versuchte, ihren Schritten zu folgen. Nach einigen Minuten verstummte die Musik und ich setzte mich neben Einar, um weiterhin zuzusehen, wie sie ihr Ritual fortsetzten. Die alte Dame nahm einen Korb, lief im Kreis und verteilte etwas auf dem Waldboden.

«Was ist das?», flüsterte ich fragend.

«Das ist Mehl, gemischt mit Salz. Das Mehl ist dafür da, damit man die Symbole sieht, und das Salz bindet es zu einem Schutzkreis», sprach die alte Frau neben uns, die auf der Trommel spielte

Anschließend trat die alte Dame in die Mitte und entzündete ein Räucherwerk. Sie lief in alle Himmelsrichtungen und kehrte dann wieder in den Kreis zurück. Dort nahm sie eine Schale mit Wasser und stellte sie in die Mitte ab, bevor sie sich hinsetzte.

«Das ist Quellwasser», erklärte die Dame neben mir.

Die alte Dame im Kreis entspannte sich und meditierte. Einige Minuten später öffnete sie wieder ihre Augen, erhob sich und kam auf uns zu.

«Was war das?», sprach ich neugierig.

«Ich habe Diana, unsere Mondgöttin, geehrt.»

«Diana?», hinterfragte Einar.

«Die alte Frau erklärte uns, dass sie die Göttin der Tiere und des Waldes sei und infolgedessen für die Jagd stehe. Für die Druiden repräsentiere sie auch die Mondgöttin. Diana bestrafe jene, die ein Tier töten, und gleichzeitig sorge sie für den Nachwuchs. Der Tanz symbolisierte den Vollmond, den abnehmenden Mond und den Dunkelmond. Die drei Mondphasen hätten unterschiedliche Auswirkungen auf Rituale und die Natur.»

Es war seltsam, denn auf meinem bisherigen Weg bin ich nur auf Druiden gestoßen. Das ist ungewöhnlich, da Druiden nicht so häufig anzutreffen sind. In den meisten Dörfern gibt es, wenn überhaupt, nur einen einzigen Druiden.

Die beiden Frauen begannen damit, ihre Utensilien zusammenzupacken.

«Kommt Kinder, nicht weit von hier ist unsere Hütte.»

Wir holten Alo und die Pferde und folgten den Damen. Wenig später kamen wir bei der Hütte an. Einar und ich legten uns noch etwas vor den Kamin und entspannten.

Als ich wieder aufwachte, folgte ich den Stimmen in die Küche. Die beiden alten Damen saßen am Tisch und tranken eine Tasse Tee. Bei Tageslicht konnte ich sie nun besser erkennen. Beide hatten langes, volles, schneeweißes Haar. Eine von ihnen war blind, während die andere braune Augen hatte. Die eine war dünn und die Blinde etwas fülliger. In ihrer

Jugend mussten sie sicherlich wunderschön gewesen sein. Natürlich sahen sie auch in ihrem hohen Alter immer noch gut aus.

«Ive hat mich zu euch geschickt. Könnt Ihr mir den Stockkampf beibringen?»

Die Blinde hob die Hand.

«Das werde ich. Jetzt hätte ich Zeit, wir können direkt loslegen.»

Ich war etwas überrascht, ich dachte nicht, dass es so schnell gehen würde.

«Ja, gerne.»

«Gehen wir hinaus.»

Ich war etwas verwirrt, aber ich folgte ihr dennoch. Wir liefen durch den Wald, bis wir auf ein Feld gelangten, in dessen Mitte ein Baum stand. Unter dem Baum befand sich ein großer Stein. Plötzlich warf sie mir einen langen Stock entgegen.

«Ich soll mit Ihnen kämpfen? Ich möchte sie nicht verletzen.»

Sie drehte sich, ohne eine Antwort zu geben, und holte in der nächsten Sekunde zum Schlag aus. Ihr Schlag traf mich hart in den Bauch, und ich stürzte zu Boden.

«Ich komme zurecht, danke.»

Zuerst sah ich sie mit einem schockierten Blick an, doch dann änderten sich meine Gefühle zu Respekt und Bewunderung. Ich fand die alte Dame beeindruckend.

«Das verrückte alte Weib», schüttelte ich den Kopf mit einem Lächeln und stand wieder auf meinen Beinen.

«Es kann definitiv von Vorteil sein, wenn man unterschätzt wird, da niemand große Erwartungen an einen hat. Dadurch kann man sein volles Potenzial ausschöpfen und überraschend erfolgreich sein.»

Sie holte zum nächsten Schlag aus, diesen wehrte ich jedoch ab.

«Können wir nicht zuerst die Grundlagen betrachten?», fragte ich sie und wich wieder einem Ihrer Schläge aus.

«Du hast Erfahrung im Kampf, das bekommst du auch ohne hin», antwortete sie und drängte mich mit dem Stock rückwärts. Ich versuchte auszuweichen, verlor jedoch das Gleichgewicht und fiel vom Stein.

«Wer von uns ist blind?», lachte sie.

Ich richtete mich wieder auf.

«Wie können Sie nur so gut kämpfen, wenn Sie nichts sehen?»

«Obwohl ich nichts sehen kann, nehme ich meine anderen Sinne viel schärfer wahr. Wenn man blind wird, entwickelt man mit der Zeit automatisch eine erhöhte Sensibilität. Ich spüre die Vibrationen deiner Bewegungen und höre viel besser als du.»

«Können wir weiter üben?»

«Nein, ich bin eine alte Dame, ich mag nicht mehr. Aber dieser junge, kräftige Mann kann gegen dich kämpfen.»

Ich drehte mich um und sah, wie die Dame auf Einar zusteuerte.

«Sie kämpfen jetzt mit der jungen Dame.»

Sie drückte ihren Langstock Einar entgegen und zwinkerte mir zu. Einar war völlig irritiert.

«Ich kam nur, um zuzuschauen.»

Und die alte Dame schrie.

«Nun kämpft!»

Ich schlug den Stock in Einars Rücken und lächelte vergnügt.

«Du genießt es, nicht wahr?»

«Und wie», erwiderte ich.

Er holte zum Schlag aus, und ich wich nach unten aus. Schnell kam ich wieder hoch, drehte mich und traf ihn haarscharf am Kopf. Er sah mich überrascht an.

«Amei, halte dich in Zaum», sagte er, und die alte Dame rief wieder.

«Was ist das für ein Kampf?»

Ich wollte unbedingt gegen Einar gewinnen. Als er zum Schlag ausholte, wich ich geschickt aus und sprang auf den Stein. Einar hielt sich an meinem Stock fest und zog sich hoch. Ich versuchte, ihn mit dem Stock wegzustoßen, doch er drückte sich mir entgegen. Plötzlich verlor ich das Gleichgewicht, hielt mich jedoch am Stock fest und riss Einar mit mir zu Boden. Er lag auf mir, und ich erschrak. Mit großen Augen sah ich tief in seine Augen, und meine Wangen wurden rot.

«Was war denn das?», fragte die alte Dame und hatte schon wieder so einen komischen Gesichtsausdruck.

Einar hielt mir seine Hand entgegen und half mir hoch.

«Das wird noch zur Gewohnheit», sprach er freudig und antwortete der alten Frau.

«Training», mit einem frechen Lachen.

Sie zog eine Augenbraue hoch, drehte sich um und lief den Weg zurück zur Hütte.

Überraschend hörten wir eine Stimme rufen.

«Einar!»

Wir drehten uns um, und ein Krieger der Helvetios galoppierte in unsere Richtung.

«Kian?», fragte sich Einar verwirrt.

«Was willst du hier?»

«Amei, Irmelin schickt mich. Ihr müsst sofort aufbrechen, Orgetor gibt euch nur noch vier Tage!», sprach Kian aufgeregt und schnappte gierig nach Luft.

Einar und ich sahen uns besorgt an.

«Wir müssen jetzt losreiten, Amei!»

«Danke Kian, Grüße Irmelin von mir.»

«Das werde ich.»

Kian drehte sein Pferd auf der Stelle, galoppierte wieder los und verschwand im Wald.

«Das ist zu wenig Zeit!»

«Wir müssen los, komm, Amei!»

Wir ritten zurück zu den alten Damen, verabschiedeten uns und zogen weiter Richtung Romani.

«Amei, wolltest du nicht noch mit der alten Dame einen Kampfstock schnitzen?»

«Ja, aber bevor wir so plötzlich aufbrachen, erklärte sie mir, wie ich dies tun kann.»

Wir liefen den ganzen Morgen, bis ich endlich den richtigen Baum fand.

«Eine Roteiche.»

«Eine Roteiche?», fragte Einar verwirrt zurück.

«Die verrückte Dame hat mir erzählt, dass ich eine junge Roteiche brauche, und du, mein kleiner Baum, bist perfekt.»

Ich nahm meine Hand und hielt den Stamm.

«Ich danke dir, mein kleiner Baum, für dein Opfer. Ich werde dich im Kampf für das Gute bei mir tragen.»

Ich schnitt den Stamm durch und nahm ihn mit. Die Sonne verschwand hinter dem Horizont, und wir entfachten ein Feuer. Ich nahm den Baum und schnitt ihn eine Handfläche länger als meine Körpergröße. Mit dem Messer schälte ich die Rinde weg, bis zum Kern des Baumes, sodass er schön in der Hand lag. Mit dem Messer schliff ich den Stock noch sauber ab, danach legte ich die Rinde ins Feuer und hielt den Stock in die Flammen.

«Warum tust du das?», fragte mich Einar.

«So trocknet der Stock schneller. Das restliche Wasser entzieht sich dem Stock und wird gehärtet», antwortete ich und nahm ein kleineres Messer, um den Stock zu verzieren.

«Ich muss an meinem Gleichgewicht arbeiten.»

Einar sah mich mit glänzenden Augen an.

«Das liegt nicht an deinem Gleichgewicht.»

«Woran dann?»

«Du bekommst schwache Knie, wenn du in meiner Gegenwart bist.»

Ich sah ihn an, und wir lachten.

«Das liegt nicht daran, dass ich schwache Beine bekomme, sondern dass du ein Trampel bist.»

Wir lachten weiter. Ich hielt meinen Stock noch einmal ins Feuer und ölte ihn zum Schluss ein. Fertig war ein schöner Kampfstock.

«Morgen ist es so weit, wir kommen in Romani an.»

Einar sah mich an, und in mir kam ein mulmiges Gefühl auf.

«Besser ist es, wenn wir uns bis dahin ausruhen.»

«Heute bist du aber an der Reihe, eine Geschichte zu erzählen.», erwiderte Einar.

«Es war einmal eine Zeit, in der die Götter Freya und Odr über die Welt der Menschen wachten. Freya, die Göttin der Liebe und Schönheit, und Odr, waren einst ein glückliches Paar. Doch ihre Liebe wurde auf die Probe gestellt, als der eifersüchtige Gott Ottar versuchte, ihre Beziehung zu zerstören. Ottar war ein Gott der Täuschung und Intrigen. Er war schon lange in Freya verliebt und konnte es nicht ertragen, sie mit Odr glücklich zu sehen. Ottar beschloss, alles in seiner Macht stehende zu tun, um die beiden auseinanderzubringen. Er begann damit, Gerüchte über Odr zu verbreiten und Freya davon zu überzeugen, dass er untreu sei. Freya war zutiefst verletzt und zweifelte an Odrs Liebe zu ihr. Sie begann, sich von ihm zu distanzieren und ihre Beziehung wurde immer schwächer. Aber Ode liebte Freya von ganzem Herzen und war entschlossen, für ihre Liebe zu kämpfen. Er wusste, dass er Ottar aufhalten musste, um seine Beziehung zu retten. Odr begab sich auf eine gefährliche Reise, um die Wahrheit über Ottars Pläne herauszufinden.

Während seiner Reise traf Odr auf die weise Göttin Frigg, die ihm einen Rat gab. Sie erzählte ihm von einem magischen Trank, der die Wahrheit enthüllen konnte. Odr beschloss, diesen Trank zu finden und ihn gegen Ottar einzusetzen. Nach vielen Abenteuern und Prüfungen fand Odr schließlich den magischen Trank. Er kehrte zu Freya zurück und bat sie, ihn zu treffen. Als Freya Odr gegenüberstand, gab er ihr den Trank und bat sie, ihn zu trinken. Als Freya den Trank trank, wurde die Wahrheit enthüllt. Sie erkannte, dass Ottar sie belogen hatte und dass Odr die ganze Zeit treu gewesen war. Freya war erleichtert und ihre Liebe zu Odr wurde wieder entfacht. Gemeinsam konfrontierten Freya und Odr Ottar und stellten ihn zur Rede. Ottar war schockiert, dass seine Pläne aufgedeckt wurden und dass Freya und Odr stärker waren als je zuvor. Er wurde von Freya in einen Eber verwandelt. Freya und Odr schworen sich, für immer zusammenzubleiben und ihre Liebe zu schützen. Sie kehrten in ihre göttlichen Reiche zurück und regierten fortan gemeinsam über die Welt der Menschen. Und so endete die Geschichte von Freya und Odr, in der die wahre Liebe stärker war als jede Intrige und jeder Verrat. Ihre Liebe wurde für immer in den Herzen der Menschen und der Götter weiterleben.»

«Es gibt nichts Schöneres als die Liebe.», lächelte Einar mich an.

Ich errötete, legte den Stock zur Seite und schlief ein.

Mitten in der Nacht hörte ich erneut ein Geräusch, das meine Neugier weckte und mich daran hinderte, weiterzuschlafen. Entschlossen ging ich nachsehen, um der Quelle des Geräuschs auf den Grund zu gehen. Ich durchstreifte den Wald, bis meine Aufmerksamkeit von einigen funkelnden Glühwürmchen auf sich gezogen wurde. Fasziniert folgte ich ihnen, während sie mich zu einem malerischen Teich führten, der im sanften Schein des Mondes erstrahlte.

Plötzlich hörte ich hinter mir das Knacken eines Astes. Instinktiv drehte ich mich um und holte zum Schlag aus, doch Einar fing meinen Angriff geschickt ab.

«Beruhige dich, ich bin es.»

«Du hast mich erschreckt», erwiderte ich und auf Einars Lippen erschien ein Lächeln.

Als sich ein Lächeln auf Einars Gesicht bildete, konnte ich nicht anders, als ebenfalls zu lächeln. Sein Lächeln verlieh ihm eine wunderschöne Ausstrahlung, die mich sofort faszinierte. Es war etwas Magisches und Anziehendes an diesem Moment, das mich tief berührte.

«Warum leuchtet dieses Wasser?»

«Hinter diesem Berg liegt das Meer, dessen salziges Wasser vermutlich von hier abgeleitet wird. Es heißt, dass dort Lebewesen leben, die das Wasser zum Leuchten bringen, zumindest habe ich das mal gehört. Ich stelle mir vor, wie die Strahlen des Mondes auf die Wasseroberfläche treffen und sich darin spiegeln, ein wundersames Schauspiel der Natur.»

Ich spielte mit meiner Hand im leuchtenden Wasser und Einar kniete sich neben mich.

«Ich mag dich, Amei, sehr sogar.»

Er legte seine starken Hände an meine Wange und sah mir tief in die Augen.

«Du hast wunderschöne saphirblaue Augen und deine langen aschblonden Haare duften nach Rosenblüten. Ich liebe deine kleine Narbe über deiner Nase und deine Sommersprosse über deinen Wangen.»

Mein Herz pochte vor Aufregung. Ich sah in Einars braune Augen.

«Du machst mich wahnsinnig, aber auf eine positive Art. Darf ich dich küssen?», fragte er mich.

Ich nickte leicht und dann waren seine Lippen schon auf meinen.

Von diesem Moment der Intimität schloss ich erneut meine Augen und ließ mich von seinen Küssen verzaubern. Seine Lippen waren weich und geschickt, sie tanzten sanft mit meinen und ließen mich den Rest der Welt um uns herum vergessen.

Es fühlte sich an, als würden wir in einem eigenen Universum existieren, in dem nur wir beide zählten. Jeder Kuss war wie ein kleiner elektrischer Schlag, der durch meinen Körper fuhr und mich nach mehr verlangen ließ. Ich konnte spüren, wie sich meine Gefühle für ihn vertieften, wie sich eine Verbindung zwischen uns aufbaute, die über das Körperliche hinausging. Es war nicht nur der physische Akt des Küssens, der mich so erregte, sondern auch die emotionale Verbindung, die wir teilten.

Als wir uns schließlich voneinander lösten, war ich außer Atem und mein Herz schlug wild in meiner Brust. Ich sah ihn an und konnte das Glitzern in seinen Augen sehen, das gleiche Glitzern, das auch in meinen Augen widergespiegelt wurde.

Ein Lächeln breitete sich auf meinem Gesicht aus, als ich erkannte, dass dieser Moment etwas Besonderes war. Es war nicht nur ein Kuss, sondern ein Moment der Intimität und des Vertrauens, der uns näher zusammenbrachte.

Ich wusste, dass ich diesen Kuss nie vergessen würde und er einen bleibenden Eindruck in meinem Herzen hinterlassen hatte. Es war der Beginn einer wundervollen Reise, die wir gemeinsam erleben würden.

«Gehen wir baden?»

«Was?»

«Wir gehen baden!»

Ich zog mich bis auf mein letztes Kleidungsstück aus und sprang ins Wasser.

«Du hast recht, es ist wirklich Salzwasser. Komm!»

Ich sah Einar zu, wie er sich langsam auszog und mein Blick fiel auf seinen muskulösen Oberkörper, der von kunstvollen Tattoos verziert war. Es war das erste Mal, dass ich diese Seite von ihm sah, und es faszinierte mich. Als er ins Wasser sprang und zu mir schwamm, hielt ich mich an ihm fest. Seine starken Arme umschlossen mich und ich fühlte mich sicher und geborgen. Das kühle Wasser umgab uns und wir ließen uns treiben, während wir uns aneinander festhielten.

Wir genossen die Stille des Wassers um uns herum und ließen uns von der sanften Strömung tragen.

Einar und ich teilten diesen intimen Moment, in dem wir uns gegenseitig Halt gaben und unsere Nähe spürten. Es war ein Moment der Ruhe und des Friedens, in dem wir uns einfach nur aufeinander konzentrieren konnten.

Ich fühlte mich lebendig und frei, während ich mich an Einar festhielt und das Wasser um uns herum spürte.

«Ich mag dich, Einar.»

Ich biss ihm spielerisch auf die Lippe und schaute ihn mit einem verführerischen Blick an. Wir küssten uns erneut, während er mich fester hielt und langsam ans Ufer lief, legte er mich dort sanft hin und ich strich mit meinen Fingern über seine Tattoos, während das Verlangen nach ihm in mir immer stärker wurde.

Plötzlich hörten wir Pferdeschritte und Stimmen, die näher kamen. Ich sah in den Wald und bemerkte ein helles Licht, das auf uns zukam.

«Einar, wir müssen gehen, sieh doch.»

Er sah in die Richtung, half mir hoch und wir zogen uns an. Es war zu spät. Ein paar römische Krieger entdeckten uns.

«Ach schaut mal hier, ein paar Turteltauben. Dürfen wir auch mal ran?», lachte der Römer und Einar ballte seine Hände zur Faust.

«Nein, das dürft ihr nicht! Julian hätte keine Freude daran, zu erfahren, dass seine Krieger Hand an seine Gäste legen!»

Der Romanis sprach kein weiteres Wort.

«Bringt uns nach Romani! Wir müssen mit Julian sprechen!», befahl ich.

«Und mit wem habe ich hier das Vergnügen?», sprach der romanische Krieger mit verachtungsvoller Stimme.

«Wir kommen im Namen der Helvetios, Boitiger, Tulinge, Latobrigen und Rataker!», sprach ich.

«Und der Skythen!», fügte Einar hinzu.

Der Romanis sah uns misstrauisch an.

«Und wie lauten eure Namen?»

«Mein Name ist Amei und ich bin die rechte Hand des Jarls Conor und seine Gemahlin Fia.»

«Mein Name ist Einar und ich bin der Thronfolger von Skythien.»

«Ein Halbblut! Dein Vater ist eine Schande für das romanische Volk!»

Einar hielt sein Schwert mit einer Hand fest, ich nahm seine Hand und warf ihm einen vernünftigen Blick zu.

«Und das Weib hat noch die Hosen an.»

Die romansichen Krieger lachten laut.

«Wir haben nicht die ganze Nacht Zeit!», sprach ich.

Ich lief los, um unsere Pferde zu holen.

Wir ritten die Nacht durch und kamen schließlich im Morgenrot in Romani an. Das Volk lag noch in seinen Träumen, sodass wir unbemerkt in den Palast von Julian eintreten konnten.

Wir stiegen von unseren Pferden und übergaben sie einem Sklaven, der sich um sie kümmern würde.

Danach betraten wir den Palast. Skulpturen und Gold schmückten den Raum. In jeder Ecke standen kleine Tische mit Schalen voller Früchte. Es beeindruckte mich sehr.

Uns wurde eine Sklavin zugeteilt, die sich um unser Wohl kümmern musste.

Danach betrat eine wunderschöne Frau den Raum. Sie hatte lange Haare, dunkelbraune Augen und ein gutmütiges Gesicht.

Die Romanis verbeugten sich.

«Nun, seid Ihr Amei und Einar von den Aleman und den Helvetios. Habe ich recht?»

«Ja, das seid ihr.»

«Mein Gatte kann euch weiterhin nicht empfangen, aber ich würde mich sehr über euren Aufenthalt erfreuen.»

«Ich will ja nicht unhöflich sein», brach ich ab.

«Nennt mich Capurin», unterbrach sie mich.

«Capurin, wir haben nicht viel Zeit.»

«Ich werde einen Boten nach Helvetios schicken lassen, der Orgetor Bescheid gibt, dass ihr gesund in Romani angekommen seid und wir euch als Gäste empfangen haben. Der Krieg kann noch warten», zwinkerte sie mir zu.

«In Ordnung», erwiderte ich mit einem misstrauischen Unterton.

«Gerne dürft ihr ein Kräuterbad nehmen. Ihr seht sehr mitgenommen aus.»

Wir lächelten höflich, dann verschwand sie hinter dem nächsten Tor und wir folgten den Sklavinnen.

«Wie ist dein Name?», fragte ich die Sklavin.

«Aurora, die Morgenröte, meine Herrin.»

«Ach bei allen Göttern, nenne mich doch nicht Herrin, nenne mich Amei.»

Die Sklavin lächelte flüchtig.

«Ich danke dir.»

«Aurora, darf ich dich etwas fragen, ohne dir zu nahezutreten?»

«Ja, natürlich.»

«Warum hast du eine Brust entblößt?»

Aurora errötete.

«Damit ich mich schäme und mich immer wieder an meine Tat erinnere. Es gibt Sklavinnen, die gezwungen sind, beide Brüste zu entblößen, weil sie eine noch schlimmere Tat begangen haben.»

«Darf ich fragen, was du getan hast?»

«Ich hatte eine Affäre mit einem Gladiator. Wir haben uns ineinander verliebt, aber das hat der Herrin nicht gefallen, da sie die Gladiatoren an angesehene Frauen für eine Nacht verkauft. Sie wollte nicht, dass ein schmuddeliges Weib wie ich bei ihm im Bett liegt.»

«Verkaufen für Sex?»

«Es ist bekannt, dass nicht alle Männer, die einen hohen Rang haben, gut aussehen oder im Bett so leidenschaftlich sind wie Gladiatoren. Deshalb suchen manche Frauen Vergnügen bei den Gladiatoren. Einige Männer sind sich dessen bewusst, während andere ihre Frauen sogar töten lassen würden, wenn sie davon erfahren.»

Das Reich

«Hier ist dein Zimmer, Amei», sprach Aurora mit sanfter Stimme und sah mir nur kurz in die Augen, bis sie ihren Blick zu Boden senkte.
Ich betrat das Zimmer, es war groß, duftete nach Lavendel und die Betten waren mit Federn gefüllt. Ich warf mich auf das Bett.
«Ach, wie schön!», rief ich freudig.
«Aurora, hast du auch schon einmal in so einem weichen Bett geschlafen?», fragte ich sie und wälzte mich dabei hin und her.
«Nein, das habe ich noch nie.»
«Dann komm, leg dich zu mir!»
Ich tippte mit meiner Handfläche auf das Bett und lachte. Aurora traute sich jedoch nicht und strich sich dabei verlegen mit ihrer rechten Hand über ihren linken Oberarm.
«Aurora, es ist in Ordnung, komm jetzt!»
Sie kam und legte sich vorsichtig neben mich.
«Ich werde mal meinen Schlafsaal suchen und lasse euch allein», sprach Einar und verschwand im gleichen Satz aus dem Zimmer.
«Aurora, erzähl mir etwas von dir.»
Sie sah mich zögerlich an.
«Na komm schon.»
«Mein richtiger Name lautet Lucia, ich komme aus Lusita. Ich wurde als Kind entführt und dann als Sklavin verkauft.»
«Das ist schrecklich!», erwiderte ich mit einem neugierigen Blick.
«Und deine Familie?»
«Ich habe sie nie wieder gesehen.»
Ihr Blick wandte sich von mir ab, sie betrachtete das Zimmer und sah mich erst dann wieder an.
«Und darf ich Sie um Ihren Namen bitten?»
«Mein Name ist Amei, ich bin eine Jägerin und gehöre dem Stamm der Aleman an. Meine Freunde sind meine Familie.»
«Und was ist mit dem gutaussehenden Mann, der mit Ihnen reist?», fragte sie mich mit geröteten Wangen.
«Einar? Nun, er gefällt mir sehr!», ein kleines Lächeln bildete sich auf meinen Lippen.

«Wie ist es bei euch?», fragte Lucia mich und strich sich mit den Händen über ihr Kleid.

«Bei uns herrscht Gleichberechtigung zwischen Frauen und Männern. Wenn wir in unserem Land einen Jarl stürzen, haben die Menschen die Wahl, sich uns anzuschließen oder mit ihrem Jarl nach Walhalla zu reisen. Nur Personen aus anderen Ländern oder solche, die gegen die Gesetze unseres Stammes verstoßen haben, werden bei uns zu Sklaven.»

Lucia sah mich mit einem neugierigen und zugleich verwirrten Blick an.

«Gleichgestellt?», fragte sie noch einmal nach, als wäre das eine unmögliche Vorstellung.

Ich nickte.

Lucia analysierte mein Gesicht.

«Habe ich etwas im Gesicht?», fragte ich sie und hielt mir meine Hand vor das Gesicht.

Sie lächelte.

«Ja, du hast etwas Schmutz auf der Stirn, ich zeige dir das Bad.»

«Gerne», erwiderte ich und wir erhoben uns vom Bett.

Wir liefen einen Flur entlang, bis wir nach kurzer Zeit an einer großen Holztür ankamen. Lucia öffnete einen Spalt und trat zur Seite.

«Ich danke dir.»

Lucia nickte höflich und verschwand um die Ecke.

Ich öffnete die Tür und trat ein. Langsam erblickte die Sonne das Land. Ich schlich mich leise in den Raum und warf vorsichtig einen Blick um die Ecke. Überall waren Kerzen verteilt und der Duft von Kräutern lag in der Luft. In der Mitte des Raumes befand sich ein großes Dampfbad. Plötzlich sah ich durch den Nebel hindurch einen Mann, den ich zuvor übersehen hatte. Er entspannte am Ende des Bads und genoss die Aussicht.

Es war Einar.

Ich wurde etwas nervös, aber ich nahm meinen Mut zusammen und ließ das Tuch fallen.

«Okay Amei, jetzt bloß keinen Rückzieher!», sprach ich leise zu mir selbst und biss mir vor Aufregung auf die Lippen.

Nun stand ich da, ganz so, wie die Natur mich erschaffen hatte. Ich lief um die Ecke auf das Dampfbad zu.

«Ein Genießer bist du also», sprach ich mit verführerischer Stimme.

Einar drehte sich zu mir um, während ich auf ihn zuging. Ich bewegte mich langsam und elegant durch das Wasser, schwamm zu ihm hin und setzte mich neben Einar auf den Balken.

«Ja, das bin ich wohl», sprach er und konnte seinen Blick nicht mehr von mir nehmen.

Ich wandte mich der Aussicht zu und schaute über ganz Romani. Am Horizont zeichnete sich das Morgenrot ab.

«Wunderschön», ließ ich fasziniert über meine Lippen erklingen.

«Und du, bist das Herzstück von Romani. Die Unnahbare.»

Mit einem schmeichelnden Blick schaute ich in seine braunen Augen. Wir saßen eine Weile schweigend da und betrachteten die Schönheit der Welt. Plötzlich drehte Einar mir den Rücken zu und seufzte leicht.

«Was hast du?», fragte ich ihn.

«Nur etwas verspannt», erwiderte er.

«Lass mich dir helfen.»

Ich legte meine Hände auf seine Schultern und begann, ihn zu massieren.

«Du bist eine Göttin», sprach er.

«Das fällt dir erst jetzt auf?»

«Nein, Amei, das wusste ich schon, als ich dich das erste Mal im Wald sah.»

Einar griff nach meiner Hand und drehte sich zu mir. Er küsste meinen Hals und in diesem Moment überwältigten uns alle Gefühle. Wir ließen uns fallen und jede Berührung, jede Bewegung entfachte erneut eine Welle der Leidenschaft in mir. Er wusste genau, wie er mich berühren musste, um mir Vergnügen zu bereiten.

Nach einer Weile hielt Einar mich fest in seinen Armen und küsste mich sanft auf die Stirn.

«Ich muss jetzt leider gehen, wir sehen uns später.»

«Ich kann es kaum erwarten», sprach Einar und sah mir nach, als ich den Raum verließ.

Als ich aus dem Raum trat, erwartete mich Lucia.

«Komm, du musst dich umkleiden», und winkte mich zu sich. Wir liefen wieder zurück in meinen Schlafsaal und Lucia zeigte mir ein Kleid.

«Die Herrin möchte, dass du dich schön kleidest.»

Sie gab mir ein langes weißes Kleid und bürstete meine langen Haare.

«Du siehst wundervoll aus!», sprach Lucia begeistert.

«Danke.»

«Die Herrin erwartet euch.»

Wir liefen durch den Palast, bis wir im Speisesaal ankamen, wo Julian und Capurin auf uns warteten.

Ich trat näher zur Tafel und Einar sah mich mit einem aufgeregten Blick an.

«Du siehst wunderschön aus, Amei», sprach Capurin.

«Ich danke Ihnen.»

«Wir wollen euch die Spiele von Romani präsentieren. Meine Tochter wird uns begleiten», sprach Julian bestimmt und gab sein Wort weiter.

«Ich bin Luliana, die Tochter von Julian.»

«Ich freue mich, dich kennenzulernen», entgegnete ich mit einem leichten Nicken.

«Ebenso», sprach Luliana und sah mich aber dabei mit einem abwertenden Blick an.

Wir verließen den Palast und stiegen in eine Kutsche, die bereits auf uns wartete. Kurze Zeit später befanden wir uns in einer Arena. Wir nahmen auf der untersten Tribüne Platz, um jedes Detail des Spiels verfolgen zu können. Sklavinnen fächelten uns mit Federn Luft zu, um uns in der Hitze zu erfrischen. Die Tafel war reichhaltig mit Essen gedeckt. Julian kündigte das Spiel an und zwei Männer begannen gegeneinander zu kämpfen, bis einer von ihnen sein Leben ließ. Mir gefielen diese Spiele nicht. Ich empfand sie als altmodisch und rückständig. Die Gladiatoren trugen Armschutz, Beinschutz und einen Lendenschurz aus Leder. Einige von ihnen hatten auch einen Brustschutz aus Metall, je nach ihrem Rang. Das Spiel zog sich für meinen Geschmack viel zu lange hin.

Schließlich sprach Julian.

«Mein treues Volk, mein bester Krieger ist zurückgekehrt. Wollt ihr ihn sehen?»

Das Volk jubelte wie verrückt.

«Nun dann, wird uns Armando die Freude bereiten», rief Julian in die Menge und das Volk jubelte noch mehr.

Kurze Zeit später kam Armando aus dem Tor.

«So sprich den Schwur!», sprach Julian und zeigte mit dem Schwert auf Armando.

«Der Tod ist für uns kein Grund zur Furcht, sondern ein Geschenk. Wir kennen keinen Schmerz und sind bereit, für unsere Ehre zu sterben. Blut ist dicker als Wasser und daher sind wir alle Brüder.»

Durch ein anderes Tor betrat ein sehr großer Mann die Arena. Seine langen Haare hingen über sein Gesicht und er trug zahlreiche Narben. Auf einem Auge war er blind. Die beiden Kämpfer nahmen ihre Positionen ein und das Spiel begann erneut. Armando war vollkommen eingespielt, jede Bewegung wurde präzise ausgeführt. Er traf den Mann mit einem Hieb an der Schulter und ging dann auf Abstand. Armando griff nach einer langen Peitsche und traf den Mann am Hals, die Peitschenschnur wickelte sich um seinen Hals. Armando zog an der Peitsche, bis der Mann zu Boden fiel. Doch plötzlich packte der Mann die Peitsche und riss sie auseinander. Ich sah erstaunt zu Einar.

Der Mann erhob sich und versuchte sein Schwert vom Boden aufzuheben, doch Armando rannte auf ihn zu und trat auf die Klinge. Der Mann packte

Armando an einem Bein und schleuderte ihn über seine Schultern. Er warf ihn regelrecht durch die Arena. Der Riese näherte sich Armando und verletzte ihn mit seinem Schwert.

Ich klammerte mich mit meinen Händen am Stuhl fest, da ich die Spannung kaum ertragen konnte. Der Riese beugte sich über Armando und holte zum nächsten Stoß aus. Doch Armando schlug ihm mit der Faust zwischen die Beine. Der Riese krümmte sich vor Schmerz und Armando richtete sich auf, nahm sein Schwert und köpfte den Riesen mit einem einzigen Hieb. Die Menge jubelte.

«Armando, Armando!»

Julian erhob sich vom Stuhl und sprach.

«Wieder verteidigte Armando seinen ehrenhaften Titel als der beste Gladiator von ganz Romania!»

Die Menge applaudierte.

Julian verschwand hinter einem roten Vorhang.

«Heute Abend laden wir euch zu einem großen Fest ein, in unserem Palast am Meer», sprach Capurin.

Wir nickten ihr höflich zu. Wir erhoben uns und liefen aus der Arena und begaben uns mit einer Kutsche zum Palast am Meer.

Einige Stunden vergingen, bis wir ankamen. Lucia wartete schon ungeduldig auf mich. Als die Räder der Kutsche stehen blieben, kam Lucia hektisch auf mich zu.

«Amei, komm, wir müssen dich umkleiden.»

«Schon wieder?», seufzte ich genervt.

«Natürlich.»

Ich rollte meine Augen und ließ es über mich ergehen.

Wir liefen in den Palast und sie zeigte mir meinen neuen Schlafsaal. Ein großes Bett stand in der Mitte des Raumes. In einer Ecke des Zimmers war eine Wanne mit Ausblick auf das Meer.

«Ich helfe dir beim Baden», sprach Lucia und ließ von den anderen Sklaven das Wasser bringen.

Ich fühlte mich wie eine Königin. Als ich mich in die Wanne legte, fragte ich sie.

«Lucia, kommst du auch hinein?»

«Wie?», fragte sie nach und ihr Gesicht errötete sich.

«Komm schon, zeig keine Scham», lachte ich auf und spritzte sie mit Wasser an.

Lucia zog sich aus und legte sich hinein.

«Ist es nicht herrlich?»

«Ja, das ist es. Ich hatte noch nie so ein wohltuendes Bad. Amei, du behandelt mich, als wäre ich keine Sklavin. Das hat noch keiner getan.»

Wir lagen eine Weile mit geschlossenen Augen im Wasser, bis plötzlich die Tür aufging und Luliana hereinkam.

«Was tut ihr hier?», fragte sie hysterisch, während Lucia hinaussprang und sich vor Schreck ankleidete.

«Kommt ihr euch näher?», fragte sie schockiert.

«Nein, aber das wäre auch eine interessante Idee», zwinkerte ich provokant und lachte spöttisch.

«Wir haben entspannt gebadet, bis du uns gestört hast», fügte ich hinzu.

«Das werde ich Mutter berichten», sprach Luliana verärgert.

«Nur zu», entgegnete ich und ließ zur gleichen Zeit die Seifenblasen mit meinem Finger zerplatzen.

Luliana stürmte aus dem Zimmer.

«Kannst du wenigstens noch die Tür hinter dir zuschließen?», rief ich ihr hinterher und sah zu Lucia und fing an zu lachen.

«Amei, das war ungezogen, du kannst nicht so mit ihr reden.»

«Warum nicht?»

«Sie ist Julians Tochter», zuckte sie selbstverständlich mit den Achseln.

«Sie atmet die gleiche Luft wie wir und ist genauso verletzlich wie wir. Ihr Blut hat die gleiche Farbe wie unseres. Nur weil man in Wohlstand geboren wird, bedeutet das nicht, dass man etwas Besseres ist. Eine Person ist keine Göttin allein aufgrund ihres Reichtums. Respekt kann man sich nicht kaufen, sondern man muss ihn sich verdienen.»

Ich stieg aus der Wanne und zog ein hellblaues Kleid an. Lucia bürstete mir meine Haare.

«Fast fertig, ich muss die Haare nur noch hochstecken.»

Ich nickte ihr willig zu.

«Du bist wunderschön!», sprach Lucia.

«So wie du», lächelte ich sie an, dabei strich Lucia sich wieder über ihr Kleid und ihr Lächeln wurde zu einem schämenden Blick.

«Lucia, die Kleidung sagt nichts über dich aus. Du bist nicht das, was du trägst, du bist das, wie du dich selbst siehst.»

Sie versuchte ein Lächeln in ihr Gesicht zu zaubern, das jedoch erfolglos schien.

«Für dich kam noch ein Brief.»

Sie nahm ihn aus ihrer Tasche und übergab ihn mir.

Hallo liebe Amei,

Irmelin, Birk und Alvar sind sicher zu Hause angekommen.
Bitte sag Einar, dass seine Schwester mit ihrem Kind zu uns
gestoßen ist.
Es wird in ganz Celtica über dich und Einar gesprochen.
Man spricht darüber, welchen Weg ihr zurückgelegt habt
und wie viele Romanis ihr bis jetzt erledigt habt. Ich habe
das von Oraya gehört und mein Herz ist gebrochen, aber ich
möchte nicht, dass du dir die Schuld dafür gibst. Nicht der
Tod trennt uns voneinander, sondern das Leben. Ich bin
sehr stolz auf deine persönliche Entwicklung und möchte
dich zur Schildmaid ernennen. Ich hoffe, ihr könnt bald eine
Vereinbarung mit Julian treffen. Denk daran, dass hinter
deinem Namen dein Volk steht und ihr Leben in deinen
Händen liegt.

In Liebe, Jarl Conor und Fia

«Es ist so weit, wir müssen los.»

Ich legte den Brief in meine Tasche, wir traten aus dem Schlafsaal und liefen zusammen zum Speisesaal.

Das Fest

«Du hast ein starkes Temperament, du gefällst mir», sprach Julian, als ich mich an die Tafel setzte.

«Endlich einer, der mein Temperament zu schätzen weiß», lächelte ich frech zurück.

«Also hat dir Luliana schon alles berichtet?», fragte ich ihn und sah zu ihr.

«Ja, das hat sie. Aber mach dir keine Sorgen, sie ist noch ein Kind und versteht manche Dinge bisher nicht», erwiderte er.

«Ich habe ein großes Mahl anrichten lassen und heute Abend gibt es ein Fest.»

Neben der Tafel tanzten Frauen in einer mit Wasser gefüllten Wanne, und auf der rechten Seite standen starke Gladiatoren, um uns zu unterhalten.

«Heute Abend ist eine geschlossene Gesellschaft, was hier passiert, verlässt diesen Raum nicht», sprach Julian.

Nach dem Essen lief ich zu den Gladiatoren, wo sich Julian bereits mit Armando unterhielt.

«Sei gegrüßt», sprach ich den Gladiator an, der daraufhin seinen Kopf senkte.

«Habe ich etwas Falsches gesagt?», fragte ich Julian.

«Nein, du bist hier in Romani als unser Gast, hier bist du etwas Höheres, er zeigt dir nur seinen Respekt.»

«Ach um Himmels willen, ich bin keine vornehme Dame», sprach ich zu dem Gladiator, der mich nur verwirrt ansah.

«Amei ist eine Schildmaid der Aleman», erklärte Julian dem Gladiator.

Im ersten Moment fragte ich mich, wie Julian davon wusste, aber es ist klar, dass er die Briefe vor mir bekommt und sie liest, bevor ich sie erhalte. Ich konzentrierte mich wieder auf den Gladiator, der mich belächelte.

«Auch wenn ich keine vornehme Dame bin, fordere ich von dir Respekt. Nur weil ich eine Dame bin, kann ich nicht kämpfen?», sah ich ihn mit einem stechenden Blick an.

Der Gladiator hingegen sprach kein Wort.

«Spuck es schon aus!»

«Verstehen Sie mich nicht falsch, aber Damen werden nie so gut kämpfen können wie Männer.»

In meinem Volk gibt es sehr viele Schildmaiden, die besser kämpfen als Männer!», ich atmete schwer.

Wieder schmunzelte der Gladiator. Ich sah zu Julian und es schien, als könnten wir Gedanken lesen. Julian machte eine zustimmende Geste mit seiner rechten Hand und so boxte ich dem Gladiator in den Bauch. Er fiel nach vorn und ich griff nach seiner Hand, dann warf ich ihn über meinen Rücken. Die Musik verstummte und alle sahen mich erschrocken an.

«Ich habe gedacht, heute seien wir in einer geschlossenen Gesellschaft. Dann lassen wir doch die Spiele beginnen. Ich, die schwache und hilflose Dame gegen den Gladiator.»

«Bist du dir sicher?», fragte mich Julian.

«Unterschätze mich nicht. Stilles Wasser kann tief sein.»

Julian antwortete mit einem Lächeln.

«Lasst den Schaukampf beginnen.»

Die Gäste gingen auf die Seite, sodass ich mit dem Mann ausreichend Platz hatte.

«Ich will Sie wirklich nicht verletzen», sprach der Gladiator mit sanfter Stimme.

«Keine Angst, das werden Sie nicht. Ich bin nicht aus Porzellan.»

Ich stellte mich in Position, genau wie der Gladiator. Wir kämpften nur mit unseren bloßen Händen. Der Mann rannte auf mich zu, doch ich wich geschickt aus und stellte ihm ein Bein. Er fiel zu Boden.

«Für den Anfang nicht schlecht», antwortete er mir mit einem Lächeln.

Er erhob sich und wartete auf meinen Zug. Ich lief auf ihn zu, beobachtete seine Reaktion, trickste ihn aus und griff nach einem Messer vom Tisch. Der Gladiator kam erneut auf mich zu und streckte seinen Arm nach mir. Ich wehrte ihn mit meinem Arm ab, sodass er auf die Tafel fiel. Dann nahm ich das Messer und stach es durch seinen Armschutz in die Tafel, ohne ihn zu verletzen. Anschließend griff ich nach einem zweiten Messer vom Tisch und befestigte seine linke Seite an der Tafel. So war er festgebunden. Ich beugte mich über ihn und flüsterte ihm ins Ohr.

«Nicht alle Frauen sind so talentiert wie ich», und zwinkerte ihm zu.

«Du hast ehrenhaft gewonnen», erwiderte er und lächelte mich an.

Ich zog die Messer aus seinem Armschutz und half ihm hoch. Die Menge applaudierte.

«Wie beeindruckend», sprach Julian.

«Amei, das war großartig», fügte Capurin hinzu.

Einar sah zu mir und lächelte stolz.

«Ich musste doch die Ehre der Schildmaid verteidigen.»

Capurin und Lucia lachten vergnügt.

Die Gladiatoren standen wieder an ihrem Platz, die Sklavinnen verschwanden aus dem Raum. Nur noch die Tänzerinnen waren hier, um uns zu unterhalten. Wir saßen an der Tafel und genossen den Nachtisch.

«Julian, darf ich Sie um Ihre Geschichte bitten?»

Er nahm einen Schluck Rotwein und sprach.

«Ich wurde am 13. Juli in Romani geboren. Meine Mutter hieß Aurelina und mein Vater trug den Namen Vito Julian. Meine älteren Schwestern tragen alle den Namen Luliana, genauso wie meine bezaubernde Tochter. Meine erste Frau war Carolin, mit ihr habe ich meine wunderschöne Tochter Luliana bekommen. Nach ihrem Tod heiratete ich kurz darauf meine zweite Ehefrau Mariana. Es verbreitete sich das Gerücht, dass Mariana mir nicht treu war, daher ließ ich mich von ihr scheiden und heiratete meine jetzige liebenswürdige Frau Capurin.»

«Eine interessante Lebensgeschichte», sprach Einar.

«Ja, und mein Erfolg wird noch weitergehen.»

Darauf stieß die Familie an. Wir aßen zu Ende und tranken viel Wein.

«Ich habe hier eine Schamanin aus Germanios, möchtet ihr sie kennenlernen?», fragte uns Capurin.

Wir erhoben uns vom Tisch und folgten ihr durch den Flur. Als wir im Zimmer ankamen, saß eine Frau an einem Feuer, ein paar Männer spielten Musik und wir setzten uns auf die Kissen. Es war eine gemütliche Stimmung.

«Mein Name ist Moja, was möchtest du von mir wissen?», fragte sie mich.

Ich schätzte Moja als eine starke und unabhängige Frau ein, die ihre Wurzeln und Traditionen schätzt. Ihre Halsketten und Ringe sind mit Symbolen verziert, die auf ihre Mythologie und Kultur verweisen.

Sie trägt Kleidungsstücke mit auffälligen Mustern und Verzierungen. Ihre Kleidung spiegelt einen Ausdruck ihrer Persönlichkeit und Individualität wider. Insgesamt ist Moja eine faszinierende Frau, die stolz auf ihre Herkunft ist.

«Erzähl mir etwas über die romanischen Götter», fragte ich zögerlich.

«Amor ist der Gott der Liebe. Apollo ist der Gott des Lichts. Bacchus ist der Gott des Weins und der Ekstase. Ceres ist die Göttin der Fruchtbarkeit und des Ackerbaus. Diana ist die romanische Göttin der Jagd, der Natur und der Wildnis. Janus ist der Gott der Türen und des Anfangs. Juno ist die Göttin der Ehe und der Geburt. Jupiter ist der Gott des Himmels und des Donners. Minerva ist die Göttin der Weisheit und der Künste. Merkur ist der Gott des Handels und der Kommunikation. Mars ist der Gott des Krieges. Neptun ist der Gott des Meeres. Pluto ist der Gott der Unterwelt. Venus ist die Göttin der Liebe und der Schönheit. Vulcan ist der Gott des Feuers und der Schmiedekunst.»

Ich nickte erstaunt mit dem Kopf.

«Es ist beeindruckend, wie ähnlich Sie unseren nordischen Göttern sind. Der Asengott Buri gilt als der Urvater der Götter. Sein Sohn Börr ist der Vater von Odin, Vili und Ve. Odin wird als unser Allvater verehrt und zusammen mit seinen Brüdern tötete er den Eisriesen Ymir, um die Welt Edda zu erschaffen. Ve ist ein Feuergott und gab den ersten Menschen Gehör und Augen. Vili verlieh den ersten Menschen Verstand und tiefe Gefühle. Thor ist der Gewittergott und Beschützer der Menschen, sein Hammer heißt Mjöllnir. Balder verkörpert das Licht, die Gerechtigkeit und Güte. Höder hingegen ist der Gott der Dunkelheit. Vali wurde von Odin gezeugt, um sich an Höder zu rächen, da dieser versehentlich Balder getötet hatte. Bragi ist der Gott der Dichtkunst und begrüßt die gefallenen Krieger in Walhalla zusammen mit Hermod. Delling symbolisiert die Nacht und sein Sohn Dag den Tag. Forseti steht wie sein Vater Balder für Gerechtigkeit ein. Heimdall ist der Wächter der Götter und bewacht die Regenbogenbrücke Bifröst. Er ist auch der Schöpfer der drei Stände: Sklaven, freie Bauern und Adel. Kvasir entstand aus dem Speichel der Wanen und Asen, um einen Konflikt zu schlichten. Er ist voller Weisheit. Loki ist das Kind zweier Riesen und bekannt für seine Hinterlistigkeit und das Säen von Zwietracht. Magni ist der Sohn von Thor und befreite im Alter von drei Jahren seinen Vater, der von einem Riesen gefangen war. Modi, der Bruder von Magni und ebenfalls ein Sohn von Thor, ist dazu bestimmt, nach Ragnarök den mächtigen Hammer Mjöllnir zu erben. Odr war der Gatte von Freyja. Skjöld ist ein Sohn Odins und der Beschützer der Jungfrauen. Tyr, ein weiterer Sohn von Odin, ist bekannt für seinen Mut und seine Stärke. Uller ist der Gott des Winters, der Jagd, des Zweikampfes, des Ackerbaus und der Weide. Vidar ist der stille und einsame Gott, der an einem friedlichen Ort namens Landvidi lebt. Die Wanengötter sind friedliche Naturgeister. Freyr ist der Fruchtbarkeitsgott und herrscht über Regen, Sonnenschein und das Pflanzenwachstum. Freyja ist die Göttin der Liebe und Fruchtbarkeit und wurde zur Gattin von Odin. Gullveig ist eine weise Seherin und die Göttin des Goldes. Nerthus ist die Beschützerin der Häuser.»

«Faszinierend», erwiderte Capurin.

«Moja, woher kommst du?», fragte ich sie.

Sie schaute mir kritisch in die Augen, als dürfte ich das nicht fragen. Zögerlich antwortete sie.

«Mein Herz gehört zu den Suben.»

Und lenkte mit einer Gegenfrage vom Thema ab.

«Was möchtest du noch wissen?»

«Werde ich Kinder haben?»

«Ja, dein Erstgeborenes wird dein Ebenbild sein, genauso temperamentvoll, empathisch, wild und stark wie du.»

Sie bestätigte die Worte von Enya.

«Wird es eine Schlacht geben?»

«Ja, das wird es.»

Ich sah bedrückt zu Boden, denn ich hatte es befürchtet. Als könnte ich Julian umstimmen, da wäre es leichter, Schweinen das Fliegen beizubringen.

«Hier, nimm einen Schluck.»

Sie streckte mir einen Becher entgegen und verteilte ihn auch an Einar und Capurin.

«Ich bin bereits mit dieser Pflanze vertraut, da sie mir auf meiner Reise nach Celtic zuvor begegnet ist. Ayahuasca ist ein heiliger Trank, der es ermöglicht, den Schleier fallen zu lassen und eine bessere Verbindung zu den verschiedenen Welten herzustellen. Allerdings sollte man vorsichtig sein, da er sehr stark ist», warnte Einar.

Ich trank alles aus. Das Zeug schmeckte eklig, wie Birks Brennnesseltee. Einige Zeit später verspürte Capurin Übelkeit und musste erbrechen.

«Ist das normal?», fragte ich Moja und sah neben mich, die jedoch schon verschwunden war.

Nun begann alles vor meinen Augen zu verschwimmen. Einar erschien blau und Capurin hatte plötzlich Fangzähne. Verwirrt stand ich auf und verließ den Raum, und die anderen folgten mir. Wir kehrten in den Saal zurück, wo die anderen bereits in guter Stimmung waren. Ich ließ mich von der Musik mitreißen und Luliana nahm mich bei der Hand, wir tanzten zusammen.

«Amei, wie ist es, eine Frau zu küssen?», fragte sie mich neugierig.

«Ich dachte, du magst mich nicht?»

«Amei, seien wir doch ehrlich, wir mögen uns ohnehin nicht. Unsere Länder sind miteinander in Zwietracht.

«Ja, da hast du wohl recht. Aber warum interessiert dich das?»,

Sie zuckte mit den Armen.

«Ich weiß es nicht, aber mich interessiert das Gefühl, warum man dies tut.»

«Ich kann es dir nicht erklären, du musst es fühlen.»

Daraufhin küsste ich sie, ihre Lippen waren weich und süß.

Mich zog jemand am Arm von Luliana weg. Es war Armando.

«Du bist sehr bemerkenswert, so eine starke und besondere Frau wie dich, habe ich noch nie zuvor getroffen.»

Obwohl ich alles doppelt sah, fühlte ich mich wohl. Einar beobachtete uns und es schien fast, als wäre er ein wenig eifersüchtig. Armando war attraktiv, mit schwarzen Haaren, dunklen Augen, vollen Lippen und markanten Wangenknochen. Seine Haut war braun gebrannt. Er hielt mich sanft an der Hüfte fest und legte seine andere Hand an meinen Hals, bevor er mich küsste. Ich klammerte mich an seine starken Arme, um mein Gleichgewicht nicht zu verlieren.

Der Kuss war nicht schlecht.

Doch dann wurden wir von Einar auseinandergezogen.

«Ich möchte keine Probleme, aber ich mag es nicht, wenn andere Männer Hand an meine Frau legen.»

Armando sah mich mit einem fragenden Blick an, als ob er wissen wollte, ob alles in Ordnung ist. Ich nickte ihm zu und daraufhin verschwand er.

«Ich wusste nicht, dass du Eifersucht empfinden kannst.»

Einar sah mich an, wandte dann aber seinen Blick ab und zog eine andere Frau zu uns heran. Er küsste sie vor meinen Augen. In meinem Bauch spürte ich eine Wärme, als ob eine kleine Flamme loderte. Es war jedoch nicht nur Eifersucht, sondern auch Erregung, die mich durchströmte. Einar löste seine Lippen von der anderen Frau und sah mir direkt in die Augen.

«Du nicht?», fragte er mich.

Ich betrachtete das Gesicht der anderen Frau und dann wandte ich meinen Blick zu Einar.

Ich küsste sie ebenfalls.

Mein Blick kehrte dann wieder zu Einar zurück. Er befeuchtete seine Lippen leicht mit seiner Zunge, da er vor Erregung einen trockenen Mund bekam. Ich schickte die Frau weg und näherte mich Einar, wir begannen zu tanzen. Mit der Zeit wurden wir immer nüchterner. Schließlich lief ich aus dem Palast zum Strand und Einar folgte mir.

«Was hat sie uns gegeben?», fragte ich Einar, der nur lachte.

Wir liefen am Strand entlang. Einar nahm meine Hand, zog mich zu sich hin, in seine Arme und hielt sein Gesicht nah an meines.

«Du bist die einzige Frau, die ich wirklich will und das fühlte ich schon bei unserer ersten Begegnung.»

Ich strich über seine Wange und dann küsste er mich. Wir liebten uns unter dem Sternenhimmel.

Ich spürte den weichen Sand an meinem Körper und sah Einar in die Augen, wir streichelten unsere Hände.

«Wir müssen die Schlacht verhindern, unser Volk ist stark, aber wir werden das nicht überleben», sprach ich mit zittriger Stimme.

«Wir werden die Schlacht verhindern, ich gebe dir mein Wort. Komm, lass uns zurückgehen und etwas schlafen.»

Wir gingen den Strand entlang und verschwanden in meinem Zimmer. Die Nacht war kurz. Als die Sonnenstrahlen meine Wangen berührten, erwachte ich. Ich drehte mich zu Einar und weckte ihn.

«Guten Morgen, Einar», sprach ich leise und küsste seinen Hals.

«Hast du auch Kopfschmerzen?»

«Ja, und wie», antwortete er und wandte sich ab.

Wir lagen den ganzen Morgen bis in den Nachmittag im Bett. Plötzlich klopfte es an der Tür. Lucia kam ins Zimmer.

«Amei, Julian möchte mit euch sprechen.»

«Wir kommen», erwiderte ich.

Wir zogen uns an und trafen Julian in einem großen Zimmer mit Blick auf Romani. Endlich waren wir zu sechst, also ich meine unter sechs Augen.

«Ich habe euch erwartet, sprecht nun.»

«Julian, wir sind im Namen unserer Stämme zu euch gekommen, um zu verhandeln. Der Winter ist lang und hart, das Gemüse wächst nicht und unsere Vorräte werden jedes Jahr knapper. Wir haben die Absicht, uns umzusiedeln und müssen durch Gallios ziehen.»

«Sehe ich aus, als wäre ich begeistert?»

«Was können wir tun, um euch zufriedenzustellen? Wir könnten handeln», schlug ich vor.

«Dein Stamm hat nichts, was mich interessieren würde!»

«Es muss doch eine Lösung geben?»

«Ich will, dass euer Volk sich Romania unterwirft und uns zusätzlich 25 % der Ernte und 10 % der Waffen abgibt. Außerdem will ich 50 eurer schönsten Frauen und dich, Amei.»

«Mich?», fragte ich erstaunt.

«Ich habe schon viele bemerkenswerte Frauen besessen, aber jemand wie dich zu haben, wäre eine neue Herausforderung.»

Mir wurde schlecht, wie er über Frauen sprach, als wären wir Trophäen.

«Mit allem Respekt, Julian, das können wir nicht tun!»

«Dann habe ich kein Interesse!»

«Aber.», wollte ich einwenden.

Julian unterbrach mich.

«Amei, du hast mich stark beeindruckt und dir meinen Respekt verdient, aber Romania verhandelt nur unter meinen Bedingungen!»

Ich war sprachlos.

«Julian, sie werden diese Schlacht nicht gewinnen!»

Julian lachte laut.

«So wie ich die Schlacht von Aro nicht gewonnen habe?», sprach er spöttisch mit einem arroganten Unterton.

Ich platzte fast vor Wut und stellte mir vor, wie ich ihn jetzt und hier köpfte, doch dann erinnerte ich mich an Ive und Enya und das, was sie mir auf meinem Weg mitgegeben hatten.

«Ich habe einen Trick im Ärmel, der ganz Romania vernichten wird», bluffte ich.

«Ich will, dass ihr losreitet. Ihr habt drei Stunden Zeit, dann schicke ich meine Krieger los!»

«Wo ist meine Mutter?», fragte Einar.

«Du meinst Runa?»

«Bei allen Göttern, wo ist sie?», schrie Einar voller Zorn und schlug mit seiner Faust auf Julians Tisch.

«Sie ist in guten Händen. Und jetzt raus!», schrie er und streckte seinen Arm in Richtung Tür.

Die Flucht

«Amei, wir packen unsere Taschen und dann sehen wir uns im Kerker!»
Ich nickte Einar zu, machte mir jedoch große Sorgen, dass er blind vor Wut
war und dass sein klares Denken beeinflusst war. Ich lief Richtung
Schlafsaal und Lucia kam mir entgegen.
«Lucia, komm mit mir!»
Ich nahm ihre Hand und riss sie in den Schlafsaal. Ich erklärte ihr die
Situation, währenddessen sah ich aus einem Fenster und beobachtete den
Vorhof.
«Julian möchte, dass wir in drei Stunden verschwunden sind. Kommst du
mit mir?»
«Nein.»
Ich war außer mir, probierte jedoch, einen kühlen Kopf zu bewahren.
«Wir müssen einen Plan ausdenken.»
Erst jetzt kam Lucias Nein in meinem Kopf an und ich brach meinen Satz
ab.
«Wie, nein?», fragte ich verwirrt nach.
Dabei wurde meine Stimme etwas höher.
«Amei, mein Herz schmerzt, aber ich muss es tun», sprach sie leise und
ich konnte beobachten, wie sich ihr Blick veränderte.
«Lucia, was musst du tun?», fragte ich vorsichtig nach.
Lucia nahm einen Dolch mit zitternder Hand hinter ihrem Rücken hervor.
«Warum?»
«Julian versprach mir meine Freiheit und er sorgt dafür, dass ich meine
Familie wiedersehe. Dafür muss ich sorgen, dass ihr nie nach Helvetios
zurückkehrt und ihnen nichts berichten könnt.»
Ich wusste, dass Julian mich als Gefahr sieht. Schlich sich der Gedanke
durch meinen Kopf.
«Lucia, das musst du nicht tun!»
Lucia kam mit kleinen, unsicheren Schritten auf mich zu, dabei stellte sich
Alo schützend vor mich.
«Alo, alles ist gut. Geh zurück», sprach ich mit ruhiger Stimme und
bewegte meine Hand nach hinten.
Alo folgte aufs Wort, stellte sich hinter mich und beobachtete Lucia mit
einem scharfen Blick.

«Wie heißt das Sprichwort? Ein wahrer Freund gibt deinem Feind nicht die Hand.»

«Amei, du hast nichts, was ich brauche!»

«Lucia, wir können deine Familie zusammensuchen, du musst nur mit mir kommen!»

«Ich kann nicht!», schrie Lucia, und daraufhin fletschte Alo seine Zähne.

«Lucia, du weißt, dass du dieses Spiel nur verlieren kannst und auch wenn du mich verletzen wirst, wird dich Alo in Stücke reißen.»

Lucia griff mich an, ich überwältigte sie und nahm ihr den Dolch aus der Hand und hielt sie fest.

«Lucia, hör auf!»

Plötzlich nahm Lucia mit ihrer linken Hand ein Messer aus ihrem Rock und stach mir in den Bauch. Alo sprang Lucia entgegen und biss ihr in die Halsschlagader. Lucia fiel zu Boden. Ich brach zusammen und nahm sie in meine Arme und weinte.

«Das musste nicht sein.»

Lucia blutete stark. Sie nahm ihre Hand und hielt sie an meine Wangen, dabei liefen meine Tränen über ihre Hände.

«Es tut mir leid.»

Ihr lief ebenso eine Träne über ihre Wange.

Diese Worte brachte sie kaum über die Lippen, und dann verblutete sie in meinen Armen. Nach einigen Minuten kam ich wieder zur Besinnung und erhob mich, packte meine Tasche und verschwand aus dem Zimmer.

Blutverschmiert lief ich durch den Flur Richtung Kerker.

«Amei, ich habe dich überall gesucht.»

Ich drehte mich um und sah Capurin.

«Was ist passiert?», fragte sie erschrocken und nahm mich an der Hand.

«Du kannst es dir zusammenreimen.»

Ich sah in ihrem flüchtigen Blick, dass sie wusste, wovon ich spreche.

«Ihr müsst verschwinden, sofort!»

«Wir suchen Einars Mutter, Runa.»

«Ich weiß, wo sie ist. Folg mir.»

Wir liefen Richtung Kerker, bis wir Einar sahen, der ungeduldig auf mich wartete.

«Was ist passiert?», kam er auf mich zu und packte mich an meinem Arm, dabei hielt ich meine Wunde am Bauch fest.

«Erzähle ich dir später.»

«Wir müssen gehen, wir haben nicht viel Zeit», sprach Capurin ungeduldig, und wir folgten ihr in den Kerker.

Ein Krieger stand vor der Tür des Kerkers.

«Verschwinde, du hast nichts gesehen, sonst lasse ich dich köpfen!»
Der Krieger verschwand ohne Worte. Einar öffnete die Tür, und Capurin lief
zu einer Zelle.

«Hier ist sie.»
Einar öffnete die Zelle und trat hinein.

«Lassen Sie mich in Ruhe!», rief eine Stimme mit verachtendem Unterton.

«Tritt ins Licht!», sprach Einar mit bestimmenden Worten. Langsam kam
eine Gestalt auf uns zu.

«Wer sind Sie?»

«Ich bin es», erwiderte Einar.

«Kenne ich Sie?», fragte die Dame verwirrt.

«Ja, besser als jeder andere. Ich bin nur ein paar Jahre älter geworden.»
Die Dame fing an zu weinen und brach zu Boden. Einar stürmte zu ihr und
nahm sie in die Arme.

«Einar, du bist es!»
Aus all dem Schmerz der vergangenen Zeit lief Einar eine Träne über seine
Wange.

«Mutter, endlich bist du wieder in meinen Armen.»
Zur selben Zeit ertönte ein Horn.

«Sie haben Aurora gefunden, ihr habt keine Zeit mehr!», sprach Capurin
mit nervöser Stimme.

«Einar, wir müssen los!»

«Wir kommen, Amei.»
Capurin führte uns durch einen geheimen Gang.
Am Ende des Flurs war eine kleine Tür. Sie nahm meine Hand.

«Warum hilfst du uns?», fragte ich sie verständnislos.

«Diese Schlachten müssen endlich ein Ende haben und du musst sie
beenden! Außerdem hast du mich stark beeindruckt. Schildmaid Amei, vom
Stamm der Aleman.»
Capurin nahm mich eine Minute in den Arm, dann hielt sie mich an den
Schultern fest.

«Du musst es mir versprechen, Amei!»

«Ich werde mein Bestes geben und wenn dies nicht reicht, gebe ich mein
Leben dafür, wenn es die Götter so wollen.»
Sie schenkte mir ein kleines Lächeln.

«Wenn ihr hier hinausgeht, dann folgt den Weintrauben. Am Ende liegt der
Pferdestall, dort sind eure Pferde.»

«Ich bedanke mich von Herzen bei dir, Capurin.»
Sie nickte und wir verschwanden so schnell, als wären wir nie im Palast
gewesen.

Wir sind am Ende der Weintrauben angekommen und sahen den Pferdestall.

«Endlich kannst du mit mir kommen», sprach Einar zu seiner Mutter und nahm ihre Hand.

«Nein, Einar, sie kann nicht mit uns kommen!»
Mit einem verwirrten Blick sah er mich an.

«Sie ist zu schwach und die Romanis werden uns folgen.»

«Sie hat recht, Einar.»

«Dann soll sie hierbleiben?»
Ich richtete meinen Blick auf Runa.

«Runa, du musst nach Helvetios reiten und ihnen erzählen, dass Julian nicht auf die Verhandlung eingeht. Wir werden die Romanis ablenken und in die Irre führen.»

«Die Romanis rechnen damit, dass ihr nach Helvetios reiten möchtet. Einar, Reise nach Skythien und erzähle ihnen von unserer Geschichte. Sie werden euch helfen.»
Einar sah seine Mutter mit nachdenklichem Blick an.

«Du bist der rechtmäßige Thronfolger!»
Runa sah ihn mit vollem Stolz an und streichelte Einar über die Haare. Einar sprach mit einem Lächeln zu ihr.

«Eine bestimmte Person wartet auf dich in Helvetios.»

«Ich bin gespannt.»

«Einar, wir holen unsere Pferde. Runa, du wartest hier.»
Sie nickte mir zu und wir liefen in den Pferdestall und sattelten unsere Pferde.

«Einar, nimm dieses Pferd für deine Mutter mit.»
Ich gab ihm die Zügel des Pferdes. Plötzlich kam ein Stallknecht auf uns zu.

«Einar, bring deiner Mutter das Pferd, ich erledige ihn. Wir treffen uns am Ende von Romani.»
Einar sah mich noch einmal mit einem besorgten Blick an, denn er wusste, dass ich geschwächt war. Aber er hatte keine andere Wahl und galoppierte los.

«Nun zu dir.»
Ich drehte mich zum Stallknecht, der sich bereits mit einer Heugabel bewaffnet hatte.

«Als würde dir das etwas helfen.»
Ich nahm meinen Bogen und einen Pfeil und schoss ihm zwischen die Augen.

111

«Eine Handwaffe gegen eine Schusswaffe ist ein schlechter Deal», sprach ich zum leblosen Körper, stieg auf Nara und galoppierte los.

Alo folgte uns wie ein Schatten. Am Ende von Romani angekommen, warteten Einar und Runa auf mich.

Sie verabschiedeten sich mit einer liebevollen Umarmung. Auch mich umarmte Runa.

«Ich danke dir für meine Freiheit, Amei. Skythien steht in deiner Schuld. Einar, pass gut auf Amei auf.»

«Das werde ich, Mutter. Wir sehen uns wieder und wenn nicht in diesem Leben, dann bei den Göttern an der Tafel bei einem guten Kelch Met», rief Einar ihr nach, als sie mit dem Pferd in den Wald verschwand.

«Komm, wir müssen gehen.»

Als wir aus Romani ritten, verfolgten uns zehn Krieger. Wir galoppierten in Windeseile, konnten die Romanis jedoch nicht abschütteln.

«Das hat keinen Sinn, wir müssen sie angreifen, sie sind zu schnell», sagte ich.

Wir wendeten unsere Pferde und ritten auf die Romanis zu. Ich nahm meinen Bogen und schoss einen Romanis vom Pferd. Einar schoss einen Sperr vom Pferd aus, der direkt ins Herz eines Romanis traf. Ich ritt einen großen Bogen und kam von hinten. Ein Romanis ritt auf mich zu. Ich wartete auf den richtigen Moment, bevor er mit seinem Schwert zum Schlag ausholte, trat ich ihn mit meinem Bein vom Pferd. Gemeinsam mit Einar verfolgte ich den nächsten Romanis. Vor uns war ein großer Baum, den der Romanis bisher nicht bemerkt hatte. Ich riss mein Hemd hoch, sodass er meine Brüste sah, und im nächsten Moment prallte er gegen einen Ast und fiel vom Pferd.

«Nicht schlecht», lachte Einar.

«Das sind die weiblichen Vorzüge, die sollte man auch ausnutzen, wenn man sie schon besitzt», erwiderte ich und lachte.

Wir trieben unsere Pferde an und galoppierten an allen vorbei.

«Hier, fang!», rief Einar und warf mir ein Seil entgegen.

Ich verstand, was er vorhatte, nickte und im selben Moment wendeten wir beide unsere Pferde. Wir ritten auf drei Romanis zu, spannten das Seil und rissen sie vom Pferd. Es waren noch drei übrig. Wir ritten an ihnen vorbei, ich drehte mich auf meinem Pferd um, spannte meinen Bogen und schoss zwei Romanis nieder.

«Jetzt ist es nur noch einer», rief ich zu Einar.

«Ich werde ihn übernehmen!», entgegnete er und stürmte los.

Ich sah zu, wie Einar und der Romanis vom Pferd stiegen und sich zum Kampf bereit machten. Es war ein beeindruckender Anblick, wie die beiden

Männer sich mutig gegenüberstanden. Einar schlug mit großer Kraft zu und brachte den Romanis zu Boden. Es schien, als hätte er den Kampf bereits gewonnen. Doch plötzlich zog der Romanis ein Messer hervor und stach es in Einars Bauch. Ein Schrei der Schmerzen entfuhr Einars Lippen, während er zu Boden sank.

Mit einem schnellen Griff holte ich mein Schwert hervor und stürmte auf den Krieger zu. Er hatte sich gerade erhoben und wollte erneut auf Einar einstechen, als ich mit einem kräftigen Schwung mein Schwert erhob und es mit voller Wucht auf den Hals des Romanis niedersausen ließ.

Ein lautes Klirren erfüllte die Luft, als das Schwert den Hals des Romanis durchtrennte. Sein Körper sackte zu Boden, während sein Kopf einige Meter entfernt landete.

«Einar!»

Ich stieg von Nara ab und rannte zu ihm, beugte mich über seinen Körper.

«Einar!»

Ich schüttelte seinen Körper. Als mich der Gedanke überkam, dass er von mir ging, packte mich seine Hand.

«So schnell wirst du mich nicht los», sah er mir in die Augen und lachte, dann fing er vor Schmerz zu husten.

Ich schüttelte meinen Kopf, erleichtert lachend, und küsste ihn.

«Meine Liebste, kannst du eine Salbe herstellen?»

«Das kann ich, aber wir müssen warten, bis die Wunde aufhört zu bluten. Sie ist nicht sehr tief. Das Blut soll rausfließen, damit sich die Wunde selbst reinigt. Hier sollte man nichts Puderartiges verwenden, es könnte sich ablagern und zu einer Infektion führen.»

«Du bist die Spezialistin.»

Ich half Einar hoch.

«Wir suchen zuerst ein Versteck.»

Einar nickte mir zu.

Wenig später saßen wir am Feuer und ich kochte Baumrinde im Wasser.

«Hier, trink, es wird dir helfen.»

«Was ist das?», fragte er mich misstrauisch.

«Ich habe die Rinde des Lapacho-Baums von Julians Priesterin entwendet. Diese Rinde besitzt heilende Eigenschaften wie die Senkung von Fieber, entzündungshemmende Wirkung, Stärkung des Immunsystems, Schmerzlinderung und Förderung der Blutbildung. Die Innenrinde des Baumes oder die Blätter werden verwendet, jedoch ist es wichtig darauf zu achten, dass sie eine hellbraune bis rötliche Farbe besitzen und einen aromatischen Geruch haben.»

«Ich bin froh, dass du an meiner Seite kämpfst und nicht mein Feind bist.»

«Einar, ich glaube, du hast Halluzinationen vom Fieber», lachte ich.
«Ach, sei still, mein Weib», lachte er, packte mich an der Hüfte und riss
mich zu sich. Ich legte meinen Kopf auf seine Brust und schlief in seinen
Armen ein.
Nach einer Weile vernahm ich Geräusche aus dem Wald.
«Komm, Alo», flüsterte ich leise und verschwand hinter den Bäumen.
Vorsichtig tastete ich mich durch den dunklen Wald und sah in einem Bach
ein schwaches Licht, das zwei Gestalten umhüllte. Ein schriller Schrei
durchzog die Dunkelheit.
«Sie kommen!», rief eine der Gestalten.
Plötzlich bemerkte ich einige Lichter, die sich schnell auf die Gestalten
zubewegten. Als eine Wolke vor dem Mond vorbeizog, wurde die Lichtung
heller und ich konnte nun klar erkennen, was dort vor sich ging.
Eine Frau brachte ein Kind zur Welt, während die andere Gestalt sie vor
Feinden schützte.
«Los, Alo!», rief ich und rannte über das Feld zu der gebärenden Frau und
kniete mich zu ihr.
«Sie müssen uns helfen, ich flehe Sie an.»
«Das werde ich», erwiderte ich, erhob mich, zog mein Schwert und trat vor.
Die zweite Gestalt, die ebenfalls eine Frau war, trat in den Vordergrund.
Gemeinsam schlugen wir unzählige Krieger nieder, doch ihre Zahl schien
endlos zu sein. Meine Klinge nahm jedes Leben, das sich mir in den Weg
stellte, doch es waren zu viele. Inmitten des Kampfes sah ich, wie die Frau
ihr schreiendes Kind behutsam zu Boden legte, ihr Schwert zog und sich an
unsere Seite stellte.
Als das warme Licht der Morgensonne den Wald erhellte, war der letzte
Krieger gefallen. Erschöpft und mit Blut bedeckt, ließen wir uns auf den
Boden sinken. Die Mutter des neugeborenen Kindes eilte zum
nahegelegenen Bach, um ihr Kind zu stillen. Ihre Stärke beeindruckte mich
zutiefst. Nun hatte ich Zeit, die beiden Frauen genauer zu betrachten. Sie
waren größer als ich und trugen Tätowierungen, Kriegsbemalungen und
menschliche Knochen als Schmuck. Ich erinnerte mich an das, was Einar
mir und Ive einmal erzählt hatte. Das sind Amazonen.
In diesem Moment trat eine dunkle Gestalt auf mich zu. Gehüllt in einen
schwarzen Mantel, zeigte sich ein verbissenes Gesicht. Die Gestalt streckte
ihre Arme aus und sprach fremde Worte, die ich nicht verstand.
«Mist!», rief eine der Amazonen, die neben mir stand.
Ich hörte ein Geräusch hinter mir und drehte mich zur Seite. Es war Einar,
der mit den Pferden auf uns zukam. Mein Blick richtete sich wieder nach

vorn, doch die dunkle Gestalt war genauso schnell verschwunden, wie sie gekommen war.

«Sie sprach einen Fluch aus!»

Im selben Moment sprach die andere Amazone.

«Kommt, wir müssen gehen!», sagte sie und packte meinen Arm, um mich mitzureißen.

Einar und ich folgten ihnen.

«Amei, was ist passiert?», fragte Einar.

«Wenn ich das wüsste», erwiderte ich und zuckte mit den Schultern.

«Du hast echt schlechte Gewohnheiten!», sagte er wütend zu mir.

«Wie soll ich das verstehen?», fragte ich mit fragendem Gesichtsausdruck.

«Immer, wenn ich aufwache, bist du verschwunden.»

Ich schüttelte den Kopf.

«Irgendwie ziehe ich immer solche Situationen an, was soll ich tun? Es ist meine innere Stimme, die mich führt und ich werde sie nicht unterdrücken!»

Einar sah mich an, atmete angestrengt aus und richtete seinen Blick wieder nach vorn.

«Das nächste Mal lasse ich das Kind sterben, damit deine Seele beruhigt weiterschlafen kann!»

Bevor Einar sich zu mir richten konnte, lief ich davon.

Wir liefen ein kurzes Stück durch den Wald, bis wir an einem kleinen Haus ankamen. Wie von selbst öffnete sich die Haustür und dahinter stand ein alter Mann.

«Herr, wir brauchen Ihre Hilfe, die alte Kröte hat uns verflucht!»

Ich sah sie mit einem verwirrten Blick an.

«Hätte ich sie köpfen sollen?»

«Das hätte nichts gebracht, der Fluch war schon ausgesprochen», erwiderte der Mann mit tiefer Stimme und bat uns ins Haus.

«Ihr müsst euch gründlich waschen, zuerst mit Seife und dann mit Salz!»

Die Amazonen folgten den Anweisungen des alten Mannes, ohne ein Wort zu sagen. Ich entschied mich einfach mitzumachen, obwohl ich nichts verstand. Während wir uns wieder anzogen, fing der alte Mann leise vor sich hin zu murmeln.

«Den ganzen Schmutz bringt ihr mir hier ins Haus, nun muss ich es wieder wegschicken!»

«Was?», fragte ich vorsichtig nach.

«Du und dein Mann seid voller verlorener Seelen und schlechter Energie!»

Ich verstand die Welt nicht und zuckte nur mit den Schultern, weil ich nicht wusste, was ich ihm antworten sollte.

Er knüpfte getrocknete Kräuter zusammen und zündete sie an, sodass sie anfingen zu rauchen. Es roch nach weißem Salbei.

«Ach, wozu probiere ich überhaupt, ich brauche etwas Stärkeres!» Wieder lief er an uns vorbei und sprach gehässig vor sich hin.

Kurze Zeit später zündete er wieder etwas an.

«Was ist das?»

«Das ist Drachenblut», erwiderte er schnippisch und wandte seinen Blick schnell von uns ab.

«Das Zeug stinkt wie ein Bärenfurz!», sagte Einar und hielt sich die Nase zu.

Der alte Mann räucherte mich und Einar, ohne zu zögern ein. Dann lief er weiter durch das Haus. Er trat in jeden Raum und lief gegen den Uhrzeigersinn.

«Ich schicke euch fort, ihr verlorenen Seelen, verlasst mein Haus und geht ins Licht», sprach er und verteilte gleichzeitig den Rauch mit einer Feder.

Er durchsuchte jede Ecke, unter jedem Tisch und Stuhl im Haus und führte ihn schließlich durch die Haustür nach draußen. Anschließend zündete er erneut einen Weihrauchbund an.

«Und jetzt?», fragte ich nochmals mit zögernder Stimme.

«Das ist Weihrauch, die Rosenblüten und der Lavendel füllen die Energie wieder auf», sprach er und lief jetzt ohne Feder durch die Räume, während die Amazone ihm mit einer Klangschale folgte.

Als er fertig war, nahm er Salz und zog eine Linie bei der Haustür und den Fenstern.

«Der Mann hat doch Zwangsstörungen», flüsterte mir Einar zu.

«Was soll das jetzt?», fragte ich erneut.

«Damit das Böse nicht ins Haus kann und die Flüche fernbleiben», erwiderte der alte Mann.

Einar lachte laut.

«Lache nur weiter, dann hat dein Lachen wenigstens einen Nutzen und zieht die Engel an.»

«Was ist ein Engel und wie bemerke ich ihn?», fragte ich neugierig.

«Wenn dir Federn auf deinem Lebensweg auffallen und du immer wieder ein stummes Klingeln hörst, wollen sich die Engel bei dir bemerkbar machen. Engel sind gute Gestalten des Lichts.»

«Ach wie schön, ich sollte mehr darauf achten. Ich möchte noch mehr hören», fragte ich bestimmt, aber höflich.

Er sah mich skeptisch an.

«Ich bin wissbegierig und möchte für mein Leben lernen», beantwortete ich seine unausgesprochene Frage, die ich jedoch an seinem Blick erkannte.

«Heute muss ich meinen Schutzkreis um das Haus erneuern. Ich habe einen Kreis mit Bergkristallen um das Haus verteilt, die muss ich vom Bösen und negativen Energien reinigen. Du kannst mir helfen», erwiderte der Mann.

«Gut», lächelte ich ihm mit einem gewinnenden Blick zu.

Ich lief mit ihm hinaus und half ihm dabei.

Eine Weile später kamen wir wieder ins Haus und der Mann kochte eine Suppe. Wir saßen alle am Tisch und keiner sprach ein Wort, bis Einar das Schweigen brach und die Amazonen fragte.

«Darf ich fragen, was ihr dort im Wald vorhattet?»

«Wir haben ein Reh gejagt. Wir haben es verfolgt, bis uns die Romanis entdeckt haben. Durch den ganzen Stress hat es bei Edda Wehen ausgelöst.»

«Wie ist dein Name und woher kommt ihr?», schoss Einar ohne zu zögern aus seinem Mund.

«Mein Name ist Saga und wir kommen aus Marg, das liegt in Skythien.»

«Was wollt ihr denn hier?»

«Meine Zwillingsschwester und ich wurden gefangen genommen. Sie wollten uns nach Romania bringen, um uns als Sklaven zu verkaufen. Auf der langen Reise wollten wir oft fliehen. Wir wurden bestraft, indem sie sich an uns vergangen haben. Das Neugeborene meiner Schwester ist nicht aus Liebe entstanden. Den Göttern sei Dank haben wir es geschafft zu fliehen und die Schlange hat uns aufgenommen.»

«Die Schlange?»

«So lautet mein Deckname», zischte der alte Mann.

Es schien fast so, als ob der alte Mann damit zum Ausdruck bringen wollte, dass Einar aufhören sollte, so viele Fragen zu stellen. Der Spitzname passte perfekt zu ihm, denn er war genauso giftig wie der alte Mann selbst.

«Warum hast du das Kind noch?»

«Natürlich fällt es mir nicht leicht, denn das Kind erinnert mich jeden Tag an das Monster, dennoch kann es nichts dafür. Es ist eine reine Seele, es könnte noch so viele gute Taten in seinem Leben vollbringen.»

Ich nickte ihr zu und sah wieder in meine Suppe.

«Mein Name ist Einar und ich bin der Thronfolger von Skythien.»

Die Amazonen sahen ihn verblüfft an.

«In unserem Stamm wird erzählt, dass du tot wärst.»

«Sehe ich etwa so aus?»

Die Amazonen sahen sich an.

«Nein», erwiderten sie zur selben Zeit.

«Kommt, wir gehen raus, ich möchte euch etwas zeigen», sprach der alte Mann dazwischen.

Wir folgten ihm.

Draußen entfachte er ein Feuer und wir setzten uns dazu.

«Können Sie mir mehr erzählen von den verlorenen Seelen, die Sie erwähnt haben?»

«Einige Seelen, die unerwartet aus ihrem Leben gerissen wurden oder ihre Sehnsüchte nicht erfüllen konnten, bleiben hier auf der Erde in einer Zwischenwelt. Es gibt auch solche Seelen, die nach Rache streben, weil vielleicht etwas vor ihrem Tod geschehen ist. Neben Walhalla, Midgard und Helheim gibt es auch den sogenannten Limbus, einen Aufenthaltsort für Seelen, die ohne eigenes Verschulden vom Walhalla ausgeschlossen wurden.»

«Ich habe ein großes Wissen über das Übernatürliche, dennoch lernt man nie aus.»

«Das sind weise Worte, Amei. Wenn ihr die Schlacht gewinnen wollt, dann braucht ihr übernatürliche Hilfe.»

«Woher wissen sie, dass wir in eine Schlacht ziehen?»

«Ich habe meine Geheimnisse.»

Der alte Mann war äußerst beängstigend, nicht weil ich dachte, er sei stärker als ich, sondern weil er mit Kräften spielte, die weit über mein geistiges Verständnis hinausgingen. Ich bemerkte, dass er eine Kette mit einem Symbol trug, das aus vier Kreisen besteht, die sich an einem Punkt schneiden, während in der Mitte ein fünfter Kreis liegt. Dieses Symbol stammt aus der druidischen Tradition und repräsentiert die vier Elemente Feuer, Wasser, Erde und Luft. Es vereint das Universum und bringt die Energien in Balance. Es symbolisiert auch die vier Himmelsrichtungen. Das Amulett war mit einem Abalone-Stein verziert. Dieser Stein hilft dabei, Niedergeschlagenheit, Unsicherheit und Enttäuschungen zu überwinden, Respekt für persönliche Grenzen zu entwickeln und sich selbst und andere besser zu schützen. Er vermittelt Heiterkeit, Leichtigkeit und unterstützt dabei, sich dem Leben zu öffnen. Ebenso entspannt er die Augenmuskulatur und wirkt besonders auf die Haut.

«Heute ist die Nacht des Schwans, bald wird es kalt», sprach Edda.

«Ja, und in einigen Wochen findet das Jagdfest statt. Bis dahin wollen wir zurück in Skythien sein», fügte Saga hinzu.

«Die Nacht des Schwans?», fragte Einar.

«Es gibt insgesamt dreizehn Sternzeichen. Die Nächte des Hirsches erstrecken sich vom 24. Dezember bis zum 20. Januar. Der Hirsch wird als edel, wahrnehmend, nachdenklich, selbstbewusst, ein Leittier und

erfolgreich beschrieben. Die Nächte der Katze fallen auf den Zeitraum vom 21. Januar bis zum 17. Februar. Sie zeichnet sich durch Schlauheit, Aktivität, Rechthaberei, Unabhängigkeit und Neugierde aus. Die Nacht der Schlange beginnt am 18. Februar und endet am 17. März. Sie wird als anpassungsfähig, mitfühlend, fantasievoll, emotional, mythisch, künstlerisch und intuitiv beschrieben. Die Nächte des Fuchses erstrecken sich vom 18. März bis zum 14. April. Der Fuchs wird als großzügig, abenteuerlustig, risikofreudig, stilvoll, verspielt, optimistisch und impulsiv beschrieben. Die Nächte des Stieres fallen auf den Zeitraum vom 15. April bis zum 12. Mai. Der Stier zeichnet sich durch Treue, Wahrheit, Geduld, Sturheit, Unflexibilität, Vertrauenswürdigkeit und Schutz aus. Die Nächte des Seepferdes erstrecken sich vom 13. Mai bis zum 9. Juni. Das Seepferdchen wird als witzig, kreativ, energiegeladen, ausdrucksstark, charmant, überzeugend und intelligent beschrieben. Der Zaunkönig erstreckt sich vom 10. Juni bis zum 7. Juli. Er wird als sozial, treu, widersprüchlich, unberechenbar, empfindlich, geduldig und schützend beschrieben. Die Nacht des Pferdes erstreckt sich vom 8. Juli bis zum 4. August. Das Pferd wird als herausfordernd, wild, kreativ, stolz, ausdrucksstark, selbstbewusst, rechthaberisch, handlungsorientiert und großzügig beschrieben. Der Lachs erstreckt sich vom 5. August bis zum 1. September. Er wird als distanziert, ehrlich, fleißig, organisiert, gesprächig und zielorientiert beschrieben. Die Nächte des Schwans fallen auf den Zeitraum vom 2. September bis zum 29. September. Der Schwan wird als anmutig, empfindlich, gelehrt, präzise, ruhig, energiegeladen, intelligent und kritisch beschrieben. Die Nacht des Schmetterlings erstreckt sich vom 30. September bis zum 27. Oktober. Der Schmetterling wird als sozial, reisend, schön, harmonisch, friedlich, gefährlich und verständnisvoll beschrieben. Die Nächte des Wolfes fallen auf den Zeitraum vom 28. Oktober bis zum 24. November. Der Wolf wird als motiviert, willensstark, unberechenbar, extrem, wild und leidenschaftlich beschrieben. Der Falke erstreckt sich vom 25. November bis zum 23. Dezember. Er wird als schnell, intuitiv, ehrgeizig, glücklich, vorsichtig, furchtlos, fokussiert und neugierig beschrieben.»
Erklärte ich Einar.
«Und was ist das Jagdfest?»
Stellte ich ihm eine Gegenfrage.
«Das Jagdfest?», erwiderte Einar mit glänzenden Augen und einem breiten Lachen.
«Das Jagdfest ist überwältigend. Ich möchte dir aber nicht zu viel verraten, denn ich möchte dich überraschen.»
Einar hielt sich die Hand an den Bauch.

«Was ist los?»

«Nichts, alles in Ordnung.»

«Als würde ich dir das glauben», und riss ihm das Hemd hoch.

«Einar, es sieht schrecklich aus!»

Schockiert sah ich zum alten Mann.

«Es hat sich entzündet.»

Der Mann drückte leicht darauf, und Einar stöhnte vor Schmerz.

«Fünf Anzeichen einer Entzündung sind lokale Rötung, Wärme, Schwellung, Schmerzen und eine beeinträchtigte Funktion. In einigen Fällen kann sich Eiter bilden, dies kann gefährlich werden, sobald das Eiter in die Blutbahn kommt. Es ist notwendig, die Wunde aufzuschneiden, um den Eiter abfließen zu lassen. Anschließend muss die Wunde desinfiziert werden.

Gemeinsam betraten wir das Haus und ich unterstützte den alten Mann dabei, die Wunde zu säubern. Er erhitzte ein Messer im Feuer und schnitt dann vorsichtig die Wunde auf, um sie zu reinigen. Die Schmerzen waren so stark, dass Einar in Ohnmacht fiel. Ich streichelte sanft über Einars Kopf.

«Amei, wollt ihr morgen mit uns kommen? Wir reiten nach Skythien zum Jagdfest.»

«Je nach Zustand von Einar. Wir müssen bis morgen abwarten.», diese Worte kamen mit besorgtem Unterton über meine Lippen.

zwei Monate später

Nach einer zweimonatigen Reise erreichten wir endlich den Stamm von
Einar. Unsere Erschöpfung war überwältigend und unsere Kräfte
schwanden von Tag zu Tag. Vor dem Dorfeingang ragten zwei uralte
Zedernbäume empor. Es war uns nicht möglich, einfach so ins Dorf zu
gehen, da zwei kräftige Männer mit Bärten das Tor bewachten. Sie trugen
Knochen als Halsschmuck und ihre Narben waren kunstvoll mit
Tätowierungen verziert. Es schien, als trügen sie ihre Narben voller Stolz.
«Ich muss den Stammesführer sprechen», sagte Einar mit gehobenem
Kopf und tiefer, bestimmender Stimme.
«Und was für ein Wurm bist du?», fragte einer der Krieger und lachte.
«Hör mir gut zu, du Bastard eines Inzucht-Schweins.» Ich war für einen
kurzen Moment schockiert, dass Einar solch einen Wortschatz besaß.
«Ich bin der Sohn von Runa, der ehemaligen Stammesführerin und der
Thronfolger der Skythen.»
Man sah, wie die Krieger erblassten.
«Du bist Einar?», fragte der Krieger entsetzt.
Ohne zu zögern führte er uns durch das Dorf, doch seine Augen verfolgten
uns auf Schritt und Tritt. Sogar die Frauen hier waren so groß und
muskulös wie die Männer, was ich als etwas ungewöhnlich empfand. Einar
sprach kein unnötiges Wort und ich war beeindruckt von der Anzahl der
Pferde im Dorf. Kleine Kinder galoppierten wie tapfere Krieger durch die
Straßen und spielten ein Spiel.
«Was tun sie?», fragte ich Einar interessiert.
«Eines dieser Kinder hat sich einen Wolfsschwanz umgebunden und die
anderen müssen versuchen, ihn zu stehlen.»
Ich lächelte Einar entgegen, mir gefiel dieser Stamm. Wir liefen zu einer
großen Hütte.
«Er erwartet euch», sprach der Krieger und verließ uns mit gesenktem
Blick. Ich war gespannt, wer sich hinter der Tür befand. Langsam stieß
Einar die Tür auf.
«Wer sind Sie?», fragte Einar überrascht.
«Ich bin ein alter Freund von Lucius und übernehme seine Stellung, bis er
wieder zurückkehrt», antwortete der große starke Mann, während sein

schneeweißer Bart seine Lippen bedeckte, sodass man ihn gar nicht sprechen sah. Er hatte dunkelbraune Augen und trug einen Zahn eines Wolfes als Halskette.

«Darf ich fragen, wie Ihr Name lautet?», sprach ich eifrig und mit erwartungsvoller Stimme.

«Nenn mich Haldor der Felsen.»

Ich nickte ihm respektvoll zu. Dieser Name passte zu seinem Erscheinungsbild.

«Ich bin Amei», lächelte ich ihn an, daraufhin nahm er meine Hand und küsste sie.

«Sehr erfreut, Amei, du bist wunderschön.»

Meine Wangen wurden rot und ich zog meine Hand verlegen zurück.

«Nun, ihr hattet eine lange Reise hinter euch. Ich zeige euch eure Hütte, damit ihr euch bis zum Fest, das in zwei Tagen stattfindet, ausruhen könnt.»

«Woher wisst ihr, dass wir Reisende sind?», fragte Einar den Mann.

«Ich sehe an einem Pfeilschuss, dass deine Freundin keine Skythin ist. Außerdem bleibt in einem Dorf kein Geheimnis sicher», zwinkerte er uns zu und nahm einen Schluck Met.

«Ich weiß auch, wer du bist, du siehst deinem Alten Herren zum Verwechseln ähnlich, natürlich in seinen jungen Jahren, versteht sich», schmunzelte er.

«Der Krieger hat sie schon über uns informiert», sprach Einar.

«Das Geheimnis ist wohl gelüftet», erwiderte Haldor und lachte.

Wir folgten ihm durch das Dorf, bis wir an einer kleinen Hütte ankamen.

«Wie viele Jahre lebt ihr schon in diesem Dorf?», fragte ich Haldor.

«Nun, du weißt, Skythen sind Nomaden. Wir lassen uns nicht für immer an einem Ort nieder.»

«Und was ist mit euren Hütten?», fragte ich unverständlich.

«Wir können sie zusammenpacken und mitnehmen, so wurden sie gebaut.»

«Das ist sicher ein aufregendes Leben, von einem Ort zum nächsten zu reisen.»

«Alles hat seine Vor- und Nachteile.»

Er winkte uns in die Hütte. Wir verabschiedeten uns von Edda und Saga.

«Hier könnt ihr euch ausruhen, bis das Fest beginnt.»

«Also bist du Haldor, der stellvertretende Stammesführer?»

«Ja, aber hier in diesem Stamm ist es eine Ausnahme, wenn Männer die Führung haben.»

«Wie soll ich das verstehen?»

«Nun, in unserem Stamm führen die Amazonen das Volk.»

«Nur, damit ich das richtig definiere, sind Amazonen weibliche Stammesmitglieder?»

«Das hast du richtig definiert.»

«Aber du bist der Thronfolger?», sah ich zu Einar.

«Genau genommen halte ich den Thron nur warm, bis ich mich vermähle.»

«Also bedeutet das, dass ich die Stammesführerin werde?»

Einar lächelte.

«Von einer Jägerin zur Schildmaid, zur Königin. Ich lege eine rasante Karriere hin.»

«Amei von den Aleman, jetzt bist du aber sehr siegessicher», erwiderte Einar und lachte liebevoll.

«Nun, so einfach wird es nicht sein, denn Einar, du warst eine lange Zeit weg und es hat sich so manches verändert, aber dazu komme ich später. Ihr solltet euch zuerst ausruhen.»

Ich sah, wie sich Haldors Gesichtsausdruck änderte, konnte es jedoch nicht genau einschätzen. Haldor verschwand und ich zog Einar ins Bett und schmiegte mich an ihn.

«Warum ist dein Vater dann noch der Jarl?»

«Weil er mit meiner Mutter verheiratet ist oder besser gesagt, war. Als meine Mutter verschwand, übertrug sich die Verantwortung auf ihn.»

Ich streichelte sanft Einars Schultern. Wir waren so erschöpft von der Reise, dass wir einen halben Tag durchschliefen. Als ich aus meinen Träumen erwachte, sah ich vor uns einen Obstkorb. Ich erhob mich aus dem Bett und zog mich an. Danach trat ich aus der Hütte und lief durch das Dorf. Einar ließ ich schlafen. Es war viel los, denn alle waren beschäftigt, das Fest vorzubereiten.

«Amei, schön dich zu sehen. Ihr wart völlig erschöpft von der Reise.»

«Guten Tag, Haldor. Ja, wir schliefen wie Bären im Winter, tief und fest.»

«Freust du dich schon auf das Fest?»

«Ja, ich platze vor Neugier. Einar möchte mir nicht verraten, was auf diesem Fest passiert.»

Haldor lachte.

«Dann will ich dir nicht zu viel verraten.»

Haldors Lächeln verwandelte sich in einen unwohlen Blick.

«Amei, bitte wecke deinen Gemahl. Wir müssen miteinander sprechen.»

Ich nickte und ging mit einem unguten Gefühl gleich zurück zu Einar.

«Amei, du bist zu spät, wir müssen uns umziehen.»

Einar war voller Vorfreude und ganz eifrig.

«Einar», sprach ich mit leiser Stimme und hielt ihn an seinem Oberarm.

«Was ist denn, meine Liebste?», sah er mich erwartungsvoll an.

«Haldor war seltsam und sagte, wir müssen mit ihm sprechen.»

«Ich verstehe nicht ganz, aber gehen wir gleich los, dann sind wir schneller auf dem Jagdfest!»

Einar riss mich aus der Hütte und wir liefen zu Haldor. Als wir die Tür zu seinem Haus öffneten und hineintraten, sahen wir eine bildschöne Frau in einem Seidenkleid vor uns. Auch sie war tätowiert mit einem gefleckten Panther, der sich mit seinem langen Schwanz um ihren Oberarm schlang. Ein Hirsch, der auf ihrem Handgelenk lief, und ein weiterer auf ihrem Daumen. Auf ihrer Schulter war ein noch größerer Hirsch, der den Schnabel eines Greifvogels hatte und die Hörner eines Steinbocks.

«Grüß dich», sprach ich mit einem freundlichen Lächeln.

Haldor erhob sich und kam mit der Dame auf uns zu.

«Einar, möchtest du Amei eines Tages zur Frau nehmen, mit dem Gedanken als Thronfolgerin?»

Einar sah mich mit glänzenden Augen an.

«Ich würde nichts lieber tun», sein Gesicht strahlte voller Liebe und ich strahlte ebenso zurück.

«Warum fragst du?»

«Nun, wie ich schon erwähnt habe, hat sich vieles verändert.»

Seine Stimme verstummte. Haldor sah zu Boden und dann mit einem besorgten Blick zu mir.

«Einar, ich denke nicht, dass dein Vater sich je wieder blicken lässt, denn er hat sehr viele Dinge falsch entschieden. Du kannst Amei nicht als Frau nehmen.»

Einar sah mich verwirrt an. Danach wich sein Blick voller Wut zu Haldor.

«Und warum nicht?»

«Nun, als zukünftiger Thronfolger musst du die Eisprinzessin heiraten.»

Haldor blickte zu der bildschönen Frau, die vor uns trat.

Mit sanfter Stimme sprach sie.

«Einar, die Völker von Skythen haben sich zerstritten und um einen friedlichen Weg zu finden, haben unsere Eltern vereinbart, dass wir, ihre Kinder, den Bund der Ehe eingehen, um sie zu beruhigen und da du wieder hier bist.»

Sie brach ab und sah mich an, dabei nahm Haldor das Wort wieder auf.

«Ein Volk zu übernehmen bedeutet nicht nur, ein Jarl zu sein. Denn es bedeutet auch, Verantwortung zu übernehmen und Verpflichtungen einzugehen.»

«Was denkt ihr, was ich nun dazu sagen soll?»

Einar schlug mit seiner Faust auf den Tisch. Ich zuckte zusammen und spürte, wie mein Herz schneller schlug.

«Soll ich Amei fortschicken und vorgeben, als hätte sie nie existiert?»
Haldor biss sich auf die Lippen.

«Die einzige Möglichkeit ist, Amei als inoffizielle Gemahlin zu behalten. Jedoch wird nur das Kind von der Eisprinzessin als Thronfolger akzeptiert.»
Einar runzelte die Stirn.

«Wie absurd ist das denn?»
Mir fehlten jegliche Worte, ich wusste nicht, was ich in diesem Moment denken sollte.

«Denkt darüber nach.»

«Ich muss nicht darüber nachdenken!»
Ich hielt Einars Hand und sah ihm in die Augen, er wandte seinen Blick jedoch wieder zu Haldor.

«Heute Abend werde ich Amei als Frau zum Jagdfest mitnehmen, diesen Abend könnt Ihr uns wenigstens gewähren!»
Einar wandte sich ab und ging aus der Hütte. Ich folgte ihm wenige Minuten später und wir trafen uns in unserer.

«Amei, ist alles gut mit dir?»
Einar riss mich aus meinen Gedanken.

«Amei, ich weiß nicht, was ich tun soll, und ich weiß nicht, was in dir vorgeht.»

«Das weiß ich selbst nicht, aber ich möchte dennoch zum Jagdfest gehen und die Zeit genießen, die wir noch haben.»
Einar nahm meine Hände und zog mich dann zu sich in seine Arme.

«Muss ich etwas Spezielles anziehen?», fragte ich ihn und auf Einars Lippen legte sich ein schmutziges Lächeln.

«Hier, zieh dies an und diesen Schmuck», ich sah ihn verblüfft an.

«Dann werde ich das tun», erwiderte ich.
Einar verschwand aus der Hütte.

Er gab mir eine Schmuckkette, die meinen Hals hinab zu meinen Brüsten schmückte und bei meinem Rücken zusammengeknüpft wurde. Dann zog ich noch eine Kette an, die meine Hüfte hinab zwischen meine Beine führte. Als ich gerade dabei war, sie zusammenzuknüpfen, klopfte es an der Tür und die Eisprinzessin kam herein.

«Habe ich Sie hereingebeten?»

«Haldor schickt mich, ich soll Sie bemalen.»

«Bemalen?»

«Das gehört zu diesem Fest.»

Ich ließ sie an mich heran. Sie zeichnete schöne Muster auf meinen Körper.

«Ich muss es jetzt wissen», fragte ich bestimmt.

«Was meinen Sie?», fragte sie nach.

«Was ist das für ein Fest?»

«Das leidenschaftliche Jagdfest?»

«Ja.»

«Das sagt doch schon alles?»

Ich sah sie mit einem verlorenen Blick an.

«Hier, ziehen Sie dies noch an, dann sind Sie bereit.»

Sie gab mir ein dünnes, leicht durchsichtiges Tuch, mit dem ich meinen Körper verhüllen konnte.

«Lass uns gehen», sprach sie.

Wir liefen durch das Dorf. Es war menschenleer.

«Wo sind all die Leute hin?», fragte ich sie.

«Die sind alle schon beim Fest.»

Nun liefen wir in den Wald, kurz darauf waren wir an einer Lichtung, wo sich der ganze Stamm versammelte.

Rund um uns tanzte das Feuer.

«Du musst dich dort hinstellen, zu den anderen Frauen.

Sie zeigte mir mit einer Handgeste, wo ich mich hinstellen sollte.

«Genieße es, solange du es noch kannst», flüsterte sie mir ins Ohr.

«Was soll das denn bedeuten?»

«Nun, Einar wird später mein Gemahl sein und abgeneigt bin ich nicht. Ich denke, er hat Hoden wie ein Bär und ist ein Hengst im Bett», sprach sie mit einem frechen Lachen.

«Das ist wahr. Das ist er, nur mal sehen, ob du auch diesen Hengst reiten wirst!»

Ich drehte mich von ihr weg und lief zu Einar.

Das Jagdfest

«Wie ihr alle wisst, ist Einar zurückgekehrt, der Sohn von Runa und der rechtmäßige Thronfolger», sprach Haldor und der Stamm applaudierte. Kurz darauf kam Einar aus dem Wald auf mich zu. Auch er trug ein Tuch, das seinen Körper verdeckte.

«Amei, ich möchte dich hier und heute fragen, ob du meine Frau und die Nachfolgerin meines Stammes werden willst. Nicht nur mir gibst du deine Antwort, sondern auch meinem Stamm. Ich gebe mein Leben für mein Volk und Teile jede Freude und jedes Leid mit ihnen. Das leidenschaftliche Jagdfest ist eines der wichtigsten Feste unseres Stammes, denn hierbei geht es nicht nur um das Vergnügen und die Leidenschaft, sondern auch um die Liebe und die Wiedergeburt. Heute werde ich dich nicht nur zur Frau nehmen, sondern auch unser Kind zeugen. Die nächste Generation unseres Stammes.»

Ich war etwas überfordert und es war mir ein wenig unangenehm, dass das ganze Volk auf meine Antwort wartete.

«Einar der Skythe, ich lebe und sterbe für meinen Stamm. Wenn ich deine Frau werde, wird sich daran nichts ändern. Denn dein Stamm wird zu meinem Stamm. Einar von den Skythen, meine Antwort lautet: Bis zum letzten Atemzug werde ich mein Leben mit dir und deinem Stamm teilen.»

Einar zog mich an meinem Nacken zu sich hin und küsste mich zärtlich, und der Stamm applaudierte.

Haldor biss sich auf die Zähne und sah Einar verärgert an.

«Nun ist es endlich so weit, als Erstes werden die jungen Mädchen zu Frauen und danach beginnt das Jagdfest.»

Ich sah gespannt dem Ritual zu. Die Musik erklang. Jedes junge Mädchen, das das Lebensjahr von vierzehn Jahren erreicht hatte, stellte sich in die Schlange. Am Ende der Schlange erwartete ihre Mutter sie. Mit rauchigem Atem stieß die Mutter das Mädchen mit Marihuana an, sodass der Schmerz nur noch halb so schlimm war. Danach nahm die Mutter einen Dolch und legte die Spitze des Dolches ins Feuer. Nun ritzte die Mutter einen Halbmond um den Bauchnabel. Dies bedeutete, dass die Mutter ihr Kind losließ und es nun als Frau galt. Der Mond symbolisiert Weiblichkeit und

Fruchtbarkeit. Danach übergab die Mutter ihrer Tochter den Dolch als erstes Kriegsgeschenk.

«Jetzt beginnen wir mit dem Jagdfest. Alle Frauen, die gerne teilnehmen möchten, stellen sich dorthin, und alle Männer auf diese Seite. Die Frauen wählen die Männer aus, die Männer müssen damit einverstanden sein.»
Ich trat Einar entgegen.

«Jetzt dürft ihr die Tücher fallen lassen.»
Ich zögerte einen Moment und dann ließ ich das Tuch über meine Brüste gleiten.

Einar sah mich lustvoll an. Auch er trug nur Schmuck um sein bestes Stück. Sein Körper war gezeichnet von seinen Tätowierungen und seinen Kriegsnarben.

«Bei diesem Fest dürft ihr eure größten Sehnsüchte freien Lauf lassen. Ich erkläre euch die Regeln. Die Frauen haben einen Vorsprung von einer Minute, danach müssen eure Männer euch jagen. Sobald das Horn ertönt, rennt ihr los.»

Das Horn ertönte und ich rannte mit den anderen Frauen in den Wald hinein. Es dauerte nicht lange und ich lief ganz allein durch den Wald. In dieser Nacht schien der Mond hell und klar, sodass ich gut sehen konnte, wohin ich trat. Ich hörte vergnügte Schreie, die durch die Dunkelheit des Waldes zogen. Ich lief über einen Baumstamm, der sich über einen kleinen Bach zog. Plötzlich hörte ich hinter mir ein Geräusch. Ich duckte mich reflexartig, drehte mich zur Seite und trat mit meinem Fuß gegen jemanden, der daraufhin in den Bach fiel.

«Wer ist da?», rief ich.

Er griff nach meinem Bein und zog mich ins Wasser.

«Du bist immer kampfbereit.»

Hörte ich eine vertraute Stimme und ich fing an zu lachen.

«Du hast mich erschreckt!»

Das Wasser des Baches reichte mir bis zur Brust.

«So schreckhaft?»

Ich nahm seine Hand und legte sie auf meine Brust.

«Spürst du, wie schnell es schlägt?»

«Ja.»

Einar kam näher.

«Was passiert jetzt?», fragte ich ihn.

«Jetzt werden wir uns lieben.»

Einar umarmte mich fest und hob mich hoch, während wir uns leidenschaftlich berührten.

Die Sonne begrüßte den Morgen mit ihren warmen Strahlen, während der Bach sanft rauschte und die Vögel ihr Lied sangen.

«Guten Morgen, meine Schöne», sagte Einar und strich mir eine Haarsträhne aus dem Gesicht.

«Morgen», sah ich ihn mit einem leichten Lächeln an.

Wir legten uns auf den Rücken und lagen Arm in Arm auf dem Feld. Nach einer Weile erhoben wir uns und liefen zurück ins Dorf. Als wir zur Hütte zurückkamen, erwartete uns Haldor.

«Wir müssen reden», sprach er kurz und knapp mit leerer Stimme und hielt die Tür zur Hütte auf, in die wir hineintraten. «Einar, was sollte das!», rief Haldor und konnte seinen Zorn kaum zurückhalten.

«Sie wird meine Frau!», rief Einar im gleichen Ton zurück. «Einar, wir haben ein Abkommen. Wenn du dies nicht einhältst, dann bricht dein Land auseinander. Ist das das, was du willst?» Mein Herz pochte vor Schmerz. «Ich möchte, dass diese Entscheidung allein Amei trifft.»

Einar und Haldor sahen mich erwartungsvoll an. Mein Herz schlug noch schneller. Mein Blick ging von Einar zu Haldor und wieder zurück.

«Ich kann das nicht entscheiden!»

Ich stürmte aus der Hütte, schwang mich auf Nara und galoppierte davon. Ich trieb Nara immer schneller an, schneller als je zuvor, sogar schneller als an dem Tag, an dem ich das Wettrennen gegen Irmelin gewonnen hatte. Plötzlich sprang ein Hase aus einem Gebüsch und Nara erschrak, bremste abrupt ab und stieg auf ihre Hinterbeine. Ich wurde vom Pferd geworfen und Nara rannte davon. Tränen strömten aus meinen Augen, ich weinte so heftig, dass es mir vorkam, als würde meine Brust jeden Moment zerspringen.

«Ich kann nicht. Ich kann es nicht! Ich will und ich kann keine Entscheidung treffen!», schlug ich mit meiner Faust auf den Waldboden.

Die Dunkelheit umhüllte mich und ich konnte mich bisher nicht entscheiden. Ich hörte einen Ast zerbrechen.

«Hallo, wer ist hier?»

Ich sah einen großen dunklen Schatten um mich herumschleichen und dann trat ein großer Bär hervor. Er sah hungrig aus.

«Mist, ich habe meinen Bogen nicht bei mir! Vielleicht ist es auch Schicksal und der Bär trifft für mich die Entscheidung.» Plötzlich sprang ein Pferd vor mich, stieg auf seine Hinterbeine und schlug mit seinen Vorderbeinen gegen den Bären. Ich war völlig überrascht und gehemmt. Das Pferd drehte sich zu mir und schrie mich an, als würde es sagen: „Weg hier!" Ich hielt mich an seiner Mähne fest, machte einen Sprung und war schon auf seinem Rücken. Ohne zu zögern, galoppierte es los. Eine kurze Zeit später

129

hielt der Hengst an und ich rutschte von seinem Rücken zu Boden. Ich betrachtete ihn, denn so ein Pferd hatte ich noch nie gesehen. Es war ein schneeweißer Apfelschimmel und hatte eine rosafarbene Blässe. Seine Augen waren klar und sanftmütig. Ich streichelte ihm über die Stirn und über seine weichen Nüstern. Mir lief eine Träne über die Wange, die er mit seinen Nüstern auffing, und dann blies er mir ins Gesicht und verschwand genauso unerwartet, wie er kam. Als ich mich nach ihm umsah, sah ich ein kleines Licht, das immer näherkam.

Es war Einar.

«Amei!», rief er und stieg von seinem Pferd.

«Ich war dumm, verzeih mir!»

Einar nahm mich in den Arm.

«Nein Einar, das warst du nicht, aber wir müssen einiges miteinander besprechen», nickte ich ihm verständnisvoll zu.

«Zu Hause», entgegnete er mir.

Er stieg auf sein Pferd und streckte mir seine Hand entgegen. Ich stieg auf und wir machten uns auf den Nachhauseweg. Ich hielt mich an Einar fest und erzählte ihm von diesem Hengst. «Amei, für dich würde ich Berge versetzen! Sollen meine Krieger diesen Hengst suchen? Dann werde ich sie morgen gleich losschicken.»

«Nein, Einar, solch ein Pferd sollte niemandem gehören. Außerdem bin ich mir nicht sicher, ob es wirklich geschehen ist.»

«Wie soll ich das verstehen?», fragte er und drehte seinen Kopf leicht zu mir.

«Es könnte sein, dass es nur eine Vision war.»

«Eine Vision wofür?»

«Einar, ich denke, Haldor hat recht! Wir sind nicht in der Lage, wie einfache Bauern zu leben. Wir haben Verpflichtungen.» «Was soll das nun schon wieder bedeuten, Amei?»

«Du musst die Ehe mit der Eisprinzessin eingehen, denn du hast eine Verantwortung gegenüber deinem Volk.»

«Und was ist mit dir?»

Mein Herz brannte, als hätte ich es in ein Feuer geworfen.

«Ich werde deine inoffizielle Frau sein. Ich werde dich mit einer anderen Frau teilen, aber ich werde nicht dabei sein, wenn ihr euch vermählt und auch nicht, wenn ihr beieinander liegt.» «Amei, das kann und will ich nicht von dir erwarten. Das wird dich brechen.»

«Wir werden uns verändern, das ist wahr», sprach ich mit bedrückter Stimme und versuchte es zu überspielen.

«Du weißt, was du für einen Wert hast, oder? Ich meine, auch wenn die Eisprinzessin offiziell meine Gemahlin wird und wir einen Thronfolger erbringen müssen, wird sie nie das Gleiche bedeuten wie du für mich! Denn solch eine Frau wie dich trifft man nur einmal in seinem Leben!»

Ich erwiderte kein Wort und sah den Sternen zu, wie sie am Himmel spielten.

«Amei?»

«Ja Einar?»

«Es tut mir leid, dass du dein Leben nicht so leben kannst, wie du es verdienst!»

«Dennoch bin ich dankbar, dass du meinen Weg gekreuzt hast.»

Ich küsste seine Schultern und so ritten wir nach Hause. Einar sprach mit Haldor und willigte ein, am nächsten Tag die Eisprinzessin zur Frau zu nehmen.

Alo kam in mein Bett und begrüßte mich freudig.

«Guten Morgen, mein Freund, wollen wir eine Runde spazieren gehen?»
Einar war schon aufgebrochen und ich machte mich auch aus dem Staub,
bevor die Zeremonie begann. Alo sprang wild umher und nahm einen Ast
und spielte damit.

Ich stieg auf Nara und wir ritten aus dem Dorf. Ich genoss den Ausritt sehr,
er war ruhig und gedankenlos. Denn ich machte mir schon genug Sorgen
um die Zukunft. Wir ritten aus dem Wald in Richtung eines Flusses, kaum
sah Alo den Fluss, sprang er auch schon hinein.

«Nara, magst du auch eine Abkühlung?»
Nara bewegte ihren Kopf mit großen auf und ab Bewegungen. Ich lachte
und streichelte sie am Hals.

«Na gut, dann los.»
Am Ufer des Flusses scharrte Nara mit dem Huf im Wasser. Ich rutschte
nach hinten, erhob mich und sprang über Nara ins tiefe Wasser. Alo
schwamm vor mir und wir genossen die kühle Erfrischung. Die Strömung
war nicht stark. Als ich mit Alo weiter schwamm, kam auch Nara nach und
wir trafen uns am anderen Ufer. Danach stieg ich wieder auf und wir ritten
weiter.

Im Wald fühlte ich mich schon immer sehr geborgen.
Ich hörte ein Knacksen. Ich tat so, als hätte ich nichts gehört und ritt weiter.
Wieder knackste es, ich nahm meinen Bogen und einen Pfeil.

«Du hast ein gutes Gehör, eine blitzschnelle Reaktion wie eine Katze und
bist so präzise wie ein Adler im Sturzflug.»
Ich richtete meinen Pfeil auf eine junge Frau. Sie hatte schwarzes langes
Haar, ihr Körper war mit weißen Tätowierungen verziert und sie trug einen
kleinen Knochen als Nasenring.

«Du darfst jetzt gerne deinen Bogen niedernehmen.»
Ich sah sie mit Neugier an, weil sie auf beiden Augen blind war.

«Wer bist du?», fragte ich.

«Ich bin Valdis, die Göttin der Kriegsopfer.»
Sie streckte ihren Arm aus und eine schwarze Eule kam angeflogen.

«Das ist Sverrir, wild und ruhelos.»
Valdis faszinierte mich, sie war speziell und geheimnisvoll.

«Ich habe dich beobachtet, seit du im Dorf angekommen bist. Ich habe dich
auch gestern Nacht beobachtet, als dich das weiße Pferd gerettet hat.»

«Woher...?»
Valdis unterbrach mich.

«Ich sehe viel mehr, als du denkst. Ich habe dich in meinen Träumen gesehen, die Götter haben mich zu dir geführt», sprach sie und streichelte ihre Eule.

«Die Götter haben mich zu dir geführt?»

«Du bist auf dem Weg zu dir selbst und auf einer Mission. Die Götter wollen, dass ich dich führe.»

Valdis drehte sich weg und lief ein Stück. Dann hielt sie an und drehte den Kopf leicht zu mir.

«Kommst du?»

Ich stieg von Nara ab und wir folgten ihr zu einer Höhle auf einem Berg. Vor der Höhle stand ein schwarzer Hirsch.

«So etwas habe ich noch nie gesehen», sprach ich erstaunt.

«Ist die Natur nicht atemberaubend?», erwiderte sie und lief weiter.

Ich näherte mich dem Hirsch.

Er war imposant und wunderschön. Ich nahm vorsichtig meine Hand und berührte ihn an der Nüstern, er atmete tief aus und sein warmer Atem berührte mein Gesicht.

«Er heißt Jarl, der edle Mann», sprach Valdis.

«Nun komm.»

Ich folgte ihr und fragte mich, ob ich mich hier auf einen Dämon einließ, indem ich ihm direkt in die Höhle folgte. Der Geruch von Kräutern erfüllte die Höhle und in der Mitte befand sich ein Feuer.

«Setz dich», befahl Valdis.

Ich setzte mich auf ein Bärenfell.

«Du willst Antworten. Nun, dafür musst du kämpfen. Ich kann dich dorthin führen, den Weg musst du aber selbst gehen.»

«Wohin? », fragte ich sie.

«In die Welt von Edda, direkt zu den Göttern. Aber sei gewarnt, wenn du dich verlierst, kommst du nie mehr zurück.»

«Und wie komme ich dorthin?»

«Mit diesem Gebräu gehst du in die andere Welt, es nennt sich Engelstrompete. Dann musst du den Weg finden, den Weg zu dir selbst.»

Valdis rührte ein Getränk an und gab es mir.

«Nimm jeden Schluck.»

Ich sah sie misstrauisch an, aber ich würde alles für meinen Stamm tun, bis zum Tod.

Als ich den letzten Schluck nahm, drehte sich die Welt. Valdis spielte auf einer Trommel und sang.

«In den Tiefen von Niflheim,
Wo die Dunkelheit regiert,
Erhebt sich eine Seele,
Die nach Erlösung schreit.

Hoch hinaus nach Midgard,
Wo Menschen ihr Leben führen,
Sucht sie nach ihrem Platz,
Um ihre Bestimmung zu spüren.

Ungreifbar nah nach Asgard,
Wo die Götter thronen,
Blickt sie sehnsüchtig hinauf,
Zu den Sternen, die dort wohnen.

In den Feuern von Niflheim,
Wird ihre wahre Natur entfacht,
Sie erhebt sich wie ein Phönix,
Und zeigt ihre wahre Pracht.

Die Mächte des Universums,
Nehmen sie zu sich,
Sie wird eins mit der Ewigkeit,
In einem Moment voller Glück.

So feiern die Götter in Asgard,
An ihrer Tafel voller Pracht,
Die Seele hat ihre Bestimmung gefunden.»

Yggdrasil

Ich hörte drei Stimmen mit mir sprechen.

Eine der Stimmen fragte mich.

«Kind, was tust du hier?»

Ich öffnete meine Augen und sah jedoch nichts, denn ein grauer Schleier zog sich über meine Augen.

«Hörst du nicht?» fragte eine andere Stimme noch einmal.

«Ich sehe nichts», erwiderte ich.

«Warte, ich helfe dir.»

Die Stimme goss mir Wasser über mein Gesicht und langsam erblickte ich die Gestalten.

«Wer seid ihr?», fragte ich verwirrt.

«Wir sind die drei Nornen. Ich bin Urd, das Schicksal. Das ist Verdandi, das Werden, und Skuld, das, was sein soll.»

Ich sah sie mit einem starren Gesicht an.

«Wärst du so freundlich und kommst aus unserem Urdbrunnen hinaus? Wir müssen den Weltenbaum tränken.»

«Der Urdbrunnen?»

«Ja, auch genannt der Schicksalsbrunnen. Hör mal, du kommst nicht von hier und gleich kommen die Götter, um Rat zu halten.»

«Wo soll ich dann hin?»

«Das ist nicht unser Problem», sprach eine der anderen Schwestern.

«Geh zu Mimir, folge dem Fluss entlang der Wurzel, dann kommst du zum Brunnen Hvergelmir, bedeutet brausender Kessel und ist der Ursprung aller Flüsse», sprach die dritte Schwester.

«Aber nimm dich vor Nidhöggr und seinen Schlangen Goin und Moin in Acht.»

«Aber…»

Unterbrachen mich die drei Nornen.

«Du musst jetzt gehen, sofort!»

Sie sprachen zur gleichen Zeit, als hätten sie es abgesprochen. Ich verschwand und folgte ihrem Rat. Als ich fast am Ende der Wurzel ankam, hörte ich ein Geräusch.

«Dort würde ich nicht durch», sagte eine Stimme.

Ich sah mich um.

«Wer bist du?»

Ein Eichhörnchen kletterte den Stamm hinunter.

«Ich bin Ratatöskr.»

«Und was machst du hier?»

«Ich überbringe Botschaften zwischen Nidhöggr und dem Adler oben in der Baumkrone.»

«Und was hast du davon?»

«Manchmal hetze ich sie aufeinander und so habe auch ich meinen Spaß», lachte es mit einem fiesen Grinsen und sprang auf meine Schulter.

«Und wo willst du hin?», sah es mich neugierig an.

«Ich will zu Mimir.»

«Soll ich dir zeigen, wo er ist?»

«Warum sollte ich dir vertrauen, wenn ich weiß, dass du auf Zwietracht aus bist?»

«Nun, wissen kannst du es nicht, aber möchtest du hier herumirren, bis dich Nidhöggr entdeckt und frisst?»

Ich zog eine Augenbraue hoch und überlegte einen Moment.

«Ich kenne mich hier nicht aus und ich glaube, schlimmer kann es nicht werden. Aber wenn du mich hintergehst, dann ziehe ich dein Fell über deine Ohren und füttere deine Innereien den Würmern!»

Ratatöskr sah mich erschrocken an.

«Mit dir legt man sich besser nicht an, nicht wahr?»

«Möchtest du es herausfinden?»

«Nein, lieber nicht. Ich brauche mein Fell noch. Komm, folge mir.»

Als wir ein langes Stück liefen, hörte ich eine tiefe Stimme ein Lied singen, aber ich sah niemanden.

«Ist Mimir nicht hier?», fragte ich Ratatöskr.

«Doch, hier im Baum», sprach das Eichhörnchen und hüpfte zu dem Baum. Ich sah mich um und sah ihn bisher nicht, bis eine tiefe Stimme rief.

«Wer sucht mich? Ratatöskr, bist du es?»

«Ja, Mimir.»

«Dich will ich nicht sehen. Verschwinde, du kleines, fieses, nach Insekten riechendes Stinktier!»

«Ich habe aber jemanden mitgebracht.»

«Ach ja? Dann trete näher.»

Ich eilte zum Baum vor dem Brunnen und erst jetzt bemerkte ich ein Gesicht, das mit dem Baum verschmolzen war.

«Bist du Mimir?»

«Ja, das bin ich.»

«Ich dachte, du wärst ein Gott.»

136

«Hey!», rief er.

«Nicht so vorlaut, Kleine.»

«Mimir ist ein Gott, aber er wurde bestraft und steckt jetzt in diesem Baum.»

Erwiderte Ratatöskr meine Frage.

«Warum wurdest du bestraft?», platzte die Frage ohne nachzudenken aus meinem Mund.

«Ach, das ist eine lange Geschichte.»

«Mimir, ich habe gehört, du bist allwissend. Erzähle mir etwas über die Welt Edda.»

«Nein, kleine Amei, du musst mir etwas geben, bevor ich dir mein Wissen weitergebe.»

«Und was möchtest du haben?»

«Du bist eine alte Seele, das spüre ich. Du trägst viel Wissen in dir. Wenn dein letzter Atemzug deinen Körper verlässt, möchte ich, dass du mir hier auf ewig Gesellschaft leistest.»

Ich dachte einen Augenblick nach. Ich hatte nicht viele Optionen, außerdem hätte es mich schlimmer treffen können.

«Solange du nicht so nervig bist wie Ratatöskr, willige ich ein.»

«Hey!», rief Ratatöskr und verschränkte seine Arme, während Mimir vergnügt lachte.

«Dich mag ich jetzt schon, Amei.»

«Nun, Mimir, erzähl mir von der Welt Edda.»

«Am Anfang gab es nur Feuer in Muspelheim und Eis in Niflheim. Als sie sich vereinten, entstand das erste Wesen, Ymir, der Urriese. Ymir bedeutet Zwitter. Aus seinem Schweiß entstanden weitere Riesen, auch bekannt als Thyrimtuhrsen. Mit Ymir entstand auch Autumbla, eine Kuh, die die Riesen mit Milch ernährte. Autumbla ernährte sich vom Eis und leckte es ab, bis sie Buri und seinen Sohn Borr befreite. Borr und die Riesin Beyla bekamen drei Söhne: Odin, Vili und Ve. Sie waren die ersten Götter. Doch Ymir brachte Unruhe, und so entschieden die drei Götter, Ymir zu vernichten. Fast alle Riesen starben, außer Bergelmir und seine Frau, die entkommen konnten. Bis heute sind sie miteinander verfeindet. Odin und seine zwei Brüder formten aus Ymirs Fleisch die Erde. Aus seinem Schädel schufen sie den Himmel, aus den Knochen die Berge, aus den Haaren die Bäume, aus dem Gehirn die Wolken und aus seinem Blut das Meer und die Flüsse. Den Himmel tragen vier Zwerge namens Norttrie, Osttrie, Sudtrie und Westtrie. Die drei Götter formten die Zwerge aus den Maden von Ymirs Fleisch. Aus Ymirs Wimpern erschufen sie eine mächtige Mauer, die die Welt vor den Riesen schützen sollte, und so wurden Utgard und Midgard erschaffen. Als die drei Götter am Strand spazierten, fanden sie zwei Baumstämme und schufen aus ihnen die ersten Menschen Ask, was Esche bedeutet, und Embla, was Ulme bedeutet. Die drei Götter schenkten den Menschen Midgard, damit sie dort leben konnten. So zogen sich die Götter nach Asgard zurück. Es gibt in Yggdrasil neun Welten: Asgard, Alfheim, Muspelheim, Midgard, Vanaheim, Jotunheim, Niflheim, Infierno und Svartalfheim.»

«Und was ist mit dem Drachen Nidhöggr, Ratatösk und dem Adler in der Baumkrone?», fragte ich ungeduldig.

«Nidhöggr, der von Hass erfüllte Schlangendrache, lebt unter der Wurzel von Yggdrasil in der Welt des brausenden Kessels. Nidhöggr frisst die Wurzel von Yggdrasil und schadet ihr. Mit ihm leben noch die Schlangen Goin, das Landtier, Moinn, das Sumpftier, Grafwitnir, der Grubenwolf, Grabak, der Graurücken, Grafwöllud, der unter der Erde gräbt, Ofnir, der Unruhestifter, und schließlich Swafnir, der in den Tod versetzende. Keine Zunge aller Götter kann alle Schlangen, die bei Nidhöggr leben, zählen. Der Adler in der Baumkrone gilt als sehr weise, aber er lebt nicht allein dort. Vedrfölnir, der Sturm, leistet ihm Gesellschaft und berät den Adler. Vedrfölnir, der Habicht, sitzt auf dem Kopf des Adlers zwischen seinen Augen. Der Adler und Nidhöggr streiten schon seit vielen Jahren miteinander. Ein Teil des Streits liegt an Ratatösk, da er gerne die Botschaften zwischen ihnen übertreibt.»

Sprach Mimir und sah Ratatösk genervt an, der sich daraufhin klein machte.

«Ich lenke Nidhöggr nur vom Nagen des Baumes ab, wenn er mehr mit dem Adler streitet», rechtfertigte sich Ratatösk und zwinkerte mir zu.

Mimir tat so, als hätte er nichts gehört.

«Erzählst du mir mehr über die neun Welten?», fragte ich Mimir.

«Die Nornen gießen den Baum mit heiligem Wasser und schenken ihm Kraft. Mit ihnen leben zwei Urschwäne. Nidhöggr ist nicht der Einzige, der dem Baum Schaden zufügt. Denn die vier Hirsche Dainn, der Gestorbene, Dvalinn, der Schlafende, Duneyrr, der mit den braunen Ohren, und Durachror, der Schlummernde, nagen an der Baumkrone von Yggdrasil. Der Eber Sährimnir wird jeden Tag aufs Neue geschlachtet, um die Krieger von Walhalla zu ernähren. Der Eber erwacht jeden Morgen wieder zum Leben. Über dem Dach von Walhalla lebt eine große Ziege namens Heidrun, die an den Blättern von Lährad frisst und statt Milch Met gibt. Diese Ziege lebt aber nicht allein auf dem Dach von Walhalla, sondern mit ihr leben der Hirsch Eikthyrnir und der Hahn Gullinkambi. Auch der Hirsch frisst an den Blättern von Lährad, und so bildet sich Tau an seinem

Geweih, der bis hinab zum Brunnen von Hvergelmir tropft und damit hilft, die Flüsse der Welt zu erhalten. Der Hahn Gullinkambi kräht jeden Morgen auf dem Dach von Walhalla und weckt Odin und seine Einherjer. Dann gibt es noch die drei Kinder von Loki und Angrboda, der Riesin. Fenrir, der erstgeborene und größte aller Wölfe, wurde stärker als die Götter selbst. Mit Hilfe von Tyr und den Zwergen von Svartalfheim konnte man ihn auf die Insel Lüngry verbannen. Jörmungandr, der Kummer bringende, ist das zweite Kind von Loki. Jörmungandr wurde das größte und mächtigste Ungeheuer, das je in Yggdrasil gesehen wurde. Odin band Jörmungandr als kleine Schlange und warf ihn von Asgard ins Meer hinab nach Midgard. Dort wuchs Jörmungandr zu einem schrecklichen Ungeheuer heran, das sich einmal um die ganze Welt von Midgard umschlang. Jede Bewegung der Schlange konnte Flutwellen und Erdbeben auslösen. Hel ist das dritte Kind und die Tochter von Loki. Man sagt, dass eine Seite ihres Körpers aus Fleisch und Blut besteht und die andere schwarz und verdorben ist wie bei einem Toten. Die Götter verbannten Hel in die Unterwelt, wo sie den Platz als Göttin der Toten einnahm. Die Götter erzählten sich, dass diese drei Kinder all das Böse ihrer Eltern in sich vereinen.»

«Ich möchte mehr über Walhalla erfahren», quetschte ich Mimir aus.

«In Walhalla, auch bekannt als Halle der Gefallenen, werden die gefallenen Krieger der Menschenwelt von Odin und seinen dreizehn Walküren auserwählt, um sie zu trainieren. Die auserwählten Krieger, die nach ihrem Tod nach Walhalla kommen, nennt man Einherjer, was so viel bedeutet wie „Allein kämpfende".»

«Mimir, ich glaube, ich habe genug gehört. Ich muss jetzt Odin finden», sprach ich ungeduldig.

«Du willst zu Odin?», fragte Mimir entsetzt.

«Ich muss mit ihm sprechen.»

«Glaubst du, dass du einfach nach Asgard gehen und in die Halle von Walhalla spazieren kannst?»

«Ich habe keine andere Wahl», zuckte ich mit den Achseln.

«Amei, dort sind alle Götter. Zuckst du nur einmal zusammen, wird Thor dich mit einem Blitz zu Staub zerfallen lassen.»

«Ob du mir hilfst oder nicht, ich gehe jetzt und danke dir», ich wandte mich von ihm ab.

«Warte!», rief Mimir.

«Wenn du einen großen Auftritt hinlegst, dann wirst du die Aufmerksamkeit der Götter haben.»

«Und wie schaffe ich das?», fragte ich misstrauisch.

«Soll ich die Midgardschlange bezwingen oder Fenrir eine Pfote abschneiden und Tyr geben?», sprach ich spöttisch.

«Mmh, das wäre auch eine Idee.»

Überlegte sich Mimir kurz, bis er wieder einen Atemzug nahm, um weiterzusprechen.

«Aber ich wette, dass du es dann nicht mehr lebendig zu den Göttern schaffst.»

«Wenn du mit dem schnellsten Pferd aller neun Welten, das sich Sleipnir nennt und Odin gehört, in die Halle von Walhalla hineinplatzt, dann hören die Götter dir bestimmt zu. Weil du die Frechheit besitzt, sie herauszufordern und das als Sterbliche.»

«Und wenn das nicht funktioniert?»

«Dann sag Odin, ich schicke dich. Wir sind gute Freunde und wenn er dir nicht glaubt, erzähle die Geschichte unserer Freundschaft», lachte Mimir amüsiert.

«Ich habe nicht viele Optionen. Ich danke dir, Mimir.»

«Warte Amei, ich komme mit dir», rief Ratatöskr.

«Wo finde ich dann Sleipnir?», fragte ich Ratatösk hoffnungsvoll.

«Wahrscheinlich werden die Götter jetzt bei den Nornen sein und Rat halten», ich nickte ihm zu und so begaben wir uns auf den Weg.

Einige Stunden später kamen wir am Brunnen der Nornen an, wir beobachteten die Götter aus der Ferne.

«Sieh, dort hinten bei den Bäumen frisst Sleipnir», sprach Ratatösk aufgeregt.

«Ja, ich sehe es, zappel nicht so herum, sonst sehen sie uns.»

Ich schlich mich leise wie ein Fuchs hinter Sleipnir, sprang auf den Rücken und hielt mich an der Mähne fest und schlang meine Beine fest an seinen Bauch.

Das Pferd buckelte und stieg. Es war völlig außer sich. Ich hielt mich mit aller Kraft an Sleipnir fest und folgte fließend seinen Bewegungen wie eine Koralle im Wasser. Nach einer Weile wurde er müde.

«Ganz ruhig, mein Freund, Mimir schickt mich. Ich brauche deine Hilfe», sprach ich mit ruhiger und sanfter Stimme.

Ich streichelte ihm behutsam über den Hals.

«Kannst du mich zur Halle von Walhalla führen?»

Sleipnir scharrte mit den Hufen und galoppierte vom Stand los.

Als es dunkel wurde, kamen wir vor den Toren von Walhalla an.

«Sleipnir, wir müssen jetzt eine große Show abliefern!»

Ich trieb das Pferd an und wir stürmten durch die Türen von Walhalla. Die Götter erschraken und sprangen zur Seite. Sleipnir und ich galoppierten eine Runde um die Halle. Dabei entriss ich einem Gott einen gefüllten Kelch und ritt auf Odin zu. Ich hielt Sleipnir zurück, als er sich auf seine zwei Hinterbeine hob, und trank den Met aus dem Kelch.

«Bei dem Mondgott Mani und der Sonnengöttin Sol, du hast mein Pferd gestohlen!», rief Odin außer sich und zeigte mit seinem Finger auf mich.

«Aber wie konntest du Sleipnir reiten?»

Beruhigte sich Odin, lief auf uns zu und streichelte Sleipnir.

«Wie heißt es in einem Sprichwort eines Magiers? Gib nie deinen Trick bekannt.»

Odin sah mich an und sprach.

«Du hast ein großes Mundwerk für eine Sterbliche. Was willst du hier?»

«Ich erwarte Antworten von dir.»

«Schaff sie mir aus den Augen.»

«Warte!»

Odin sah mich erwartungsvoll an.

«Mimir schickt mich.»

«Das würde jeder an deiner Stelle erzählen.»

«Mimir ist dein Berater und bewacht den Brunnen. Er ließ dich nur unter einer Bedingung vom Brunnen trinken. Du musstest ihm dein Auge als Pfand geben. Also nahmst du eines deiner Augen heraus und gabst es ihm. Du kehrtest immer wieder zum Brunnen von Mimir zurück und fragtest ihn um Rat. So wuchs eure Freundschaft», sprach ich zu Odin und sah tief in sein Auge.

«Wenn du etwas von mir wissen willst, dann müssen wir uns schon besser kennenlernen», erwiderte er und drehte mir den Rücken zu.

«Setz dich und speise mit uns.»

Odin riss ruckartig einen Stuhl von der Tafel, in der Erwartung, dass ich mich setzen würde.

Ich sah ihn überrascht an, änderte aber schnell meine Gesichtszüge.

«ich habe es geschafft.», flüsterte ich erstaunt.

Ich setzte mich hin und hörte zu.

Die Götter aßen und tranken so viel Met wie 1000 Krieger. Odin trank einen großen Schluck Met aus seinem Kelch, lachte laut auf und schlug ihn auf den Tisch.

«Bei allen Sternen, die den Himmel von Edda erleuchten, war Thors Geschichte am hellsten», sprach Odin und wischte mit seinem Arm den Met aus seinem Bart.

«Ach, diese Geschichte habe ich nur dir zu verdanken!», sprach Thor sarkastisch entgegen.

«Die Geschichte, als Odin mit Hrungnir stritt, wer das bessere Pferd hatte und Hrungnir beim Wettrennen verlor. Wir haben ihn auf einen Kelch Met eingeladen», sprach Thor und Odin übernahm das Wort.

«So war es. Danach beleidigte er uns in unserem eigenen Haus und sprach anzüglich über unsere Göttinnen.»

«Das konnte ich mir doch nicht gefallen lassen!», rief Thor.

«Ich schleuderte Hrungnir in einem hohen Bogen durch die Tore von Walhalla. Dennoch hatte er die Frechheit, mich herauszufordern, was mich sehr beeindruckte. Also nahm ich Hrungnirs Herausforderung an und freute mich wie ein junger Hengst auf diesen Kampf», lachte Thor laut.

«Es vergingen keine fünf Minuten und Hrungnir lag am Boden!», sprach Odin Thor entgegen und alle Götter lachten.

Das Lachen war so laut, als schlage ein Blitz neben mir ein.

«Ja, so war es. Aber dann wurde ich unter dem Bein von Hrungnir eingeklemmt. Alle Götter versuchten, mich zu befreien, bis mein drei Tage alter Sohn Magni die Stärke hatte, das Bein von Hrungnir zu heben.»

Odin erhob sich vom Tisch und schrie.

«Auf meinen Enkel Magni, der stärker als 100 Pferde ist!»

Die Götter erhoben sich und der Met spritzte durch die ganze Halle.»

«Danach habe ich Magni das gewonnene Pferd von Hrungnir namens Gullfaxi geschenkt», sprach Thor stolz.

«Und wer hat dich danach geheilt, weil du wie ein kleines Kind gejammert hast?», sprach eine schlanke alte Dame mit langen weißen Haaren, die mit ihrem Finger an einem Stab spielte, der einen weißen Stein darin trug.

«Dafür danke ich dir noch bis heute, Seherin Völva.»

Thor schenkte ihr noch etwas Met ein.

«Ich freue mich schon auf die Nächte vom 25. Dezember bis 06. Januar», rief Odin großartig in die Runde.

«Die Nächte des Wüetisheer», sprach ich leise zu mir selbst.

Die Götter sahen mich an. Freya fragte mit sanfter und zugleich neugieriger Stimme.

«Was erzählen sich die Menschen von Midgard?»

«Während der Zwölftage sind die Pforten zur anderen Welt geöffnet. Es ist wichtig, wachsam zu bleiben, denn wenn man einschläft, werden sie dich holen. Wenn du jedoch eine gute Seele warst, hörst du schöne Melodien und wirst verschont. Doch die schlechten Taten werden ans Licht gebracht. Wenn du Schreie, Jammern und Heulen hörst, wirst du von ihnen in den Himmel gerissen und kehrst nie wieder zurück. Deshalb wartet man mit der Familie in der Dunkelheit, nur bei Kerzenlicht, das den Raum erhellt, und erinnert sich an die schönen Ereignisse des vergangenen Jahres. Du, Odin, bist der Anführer dieses Geisterzugs, begleitet von deinen blutrünstigen Wölfen Geri der Gierige und Freki der Gefräßige, sowie den Raben Hugin und Munin, die so schwarz wie die Nacht sind. Du verbreitest Angst und Schrecken unter den Menschen.»

Ich schweifte mit meinem Blick über den Tisch und sah Odin erneut in sein Auge. Odin war groß und stärker als viele Bären zusammen.

«Fürchtest du dich vor diesen Nächten?», fragte Odin mich mit einem herausfordernden Blick.

«Nein, ich fürchte sie nicht, ich habe Respekt. Ich stehe zu meinen Taten und wenn es mein Leben kosten sollte, so sei es.»

Odin zog seine Augenbrauen hoch und nahm einen Schluck von seinem Met.

«Nun zu dir, Amei», ergriff Balder erwartungsvoll das Wort.

«Ich glaube, ihr wisst ganz genau, wer ich bin, aber ich erzähle es euch gerne selbst. Ich komme vom Stamm der Aleman.

Vor uns liegt eine große Schlacht, die Schlacht von Bibra.»

«Ich kenne deine Vergangenheit, deine Gegenwart und deine Zukunft, mir kannst du nichts vorspielen», sprach Odin mit ernster Stimme, darauf erschrak ich einen kurzen Moment.

Bis Odin weiter sprach.

«Ich sehe dies und vieles mehr, Amei, aber meine Frage lautet, was willst du genau wissen?»

«Gewinnen wir die Schlacht?», sah ich Odin mit einem scharfen Blick an.

«Eine kleine Feige tritt in dein Leben, doch die Freude ist von kurzer Dauer, die Axt spaltet das Holz und der Mond verschwindet hinter den Wolken, zum Ende fliegt ein Rabe immer wieder um dein Haus.»

Völva fiel mir ins Wort und mich traf ein Blitz.

«Amei, Amei, hörst du mich?»

Wieder zurück in Midgard

Ich riss meine Augen auf, und vor mir stand Valdis.

«Amei, du warst drei Tage in der anderen Welt. Was hat dich dort so lange gehalten?»

«Ich habe sie gefunden!»

«Die Götter?»

«Ja.»

«Wie ich gehört habe, hast du eine Antwort bekommen.»

Valdis sah mich besorgt an. Uns beiden war bewusst, was die Völva zu mir gesprochen hatte.

«Ich muss zu Einar.»

Valdis drückte mich an meiner Schulter zurück. Ich sah ihre Hand an und dann führte mein Blick ihren Arm hoch bis zu ihrem Gesicht.

«Es ist mitten in der Nacht und noch zu früh, um aufzubrechen. Diese Reise hat bereits viel von deinen Kräften beansprucht. Bleib noch hier bis zur Morgendämmerung.»

Ich nickte ihr zu.

«Ich danke dir, Valdis.»

Wir legten uns wieder schlafen.

Ich träumte von der Völva, bis ich mit einem Schrei erwachte.

Es verging keine Stunde.

«Amei, alles ist gut, du bist zurück.»

«Nein, ich muss gehen.»

«Amei.»

Unterbrach mich Valdis.

«Ich muss jetzt gehen!»

Ich erhob mich, nahm meinen Bogen und meine Pfeile und stieg auf Nara.

«Komm mit mir.»

«Amei, ich kann nicht. Die Reise, die du vorhast, ist nicht meine.»

Enttäuscht sah ich zu Boden. Diese Worte schmerzten mich sehr, aber ich verstand, was Valdis meinte.

«Ich danke dir, Valdis. Du hast starke Mächte, pass gut auf sie auf.»

Sie nickte dankbar zurück. Ich ritt aus der Höhle und verschwand in der Tiefe des Waldes. Die Worte der Völva ließen mich nicht mehr los, sie brannten sich in meinen Kopf.

«Ich kann nicht einfach nichts unternehmen, egal, wie die Schlacht ausgeht, ich muss es versuchen!», sprach ich zu mir selbst, bis ich plötzlich ein Knacksen hörte.

«Hörst du es, Alo?»

Ich spannte meinen Bogen im schimmernden Schein des Mondes.

«Freunde bedroht man nicht, hat dir das deine Mutter nie beigebracht?»

«Valdis?»

Sie kam aus dem Dunkeln des Waldes ins helle Mondlicht.

«Steht's zu Diensten», sprach sie und beugte sich vor.

«Aber...»

Sie unterbrach mich.

«Ich habe es mir noch einmal überlegt, und was will ich denn in diesem öden Loch ohne Freunde?»

Mir lief ein Lachen über die Mundwinkel. Ich gab ihr meine Hand und zog sie auf den Rücken meines Pferdes.

So ritten wir nach Hause zu meinem Geliebten.

Bei Tagesanbruch erreichten wir unser Ziel. Wie Geister schritten wir durch das nebelverhangene Feld bis zum Tor der Nomaden. Einar stand bereits voller Sehnsucht vor mir. Ich stieg vom Pferd und lief mit offenen Armen auf ihn zu, doch Einar packte mich an den Schultern und schüttelte mich.

«Amei, wo warst du? Ich habe mir große Sorgen gemacht!»

«Können wir keine drei Tage ohneeinander sein?», erwiderte ich missverstanden.

«Amei, du hast eine Nachricht von Irmelin bekommen. Komm mit mir!»

Valdis folgte uns, und wir eilten zur Hütte.

«Lies!»

Einar streckte mir eine Schriftrolle entgegen.

Grüß dich Amei,

Wo seid ihr? Ich konnte es nicht länger hinauszögern.
Der Plan von Orgetor wurde verraten und er musste
sich den Helvetios stellen. Er schüchterte sie jedoch
ein und entkam knapp. Doch das half ihm nicht viel,
denn er wurde verrückt und nahm sich das Leben.
Obwohl Julian nicht auf deine Forderung einging,
wollten die Helvetios und viele andere Stämme
dennoch auswandern. Julian begann, eine Mauer zu
bauen, die Gerüchten zufolge bis zu 27,5 Kilometer
lang sein sollte. Durch Vermittlungen durften die
Helvetios durch das Gebiet von Hedur ziehen, aber
diese Höhlenbewohner verwüsteten alles. Die Hedur,
alte Verbündete von Julian, riefen um Hilfe. Anfang
Juni erreichte Julian mit drei Legionen die Sanos, als
bereits drei Viertel der Helvetios den Fluss überquert
hatten. Julian griff das letzte Viertel an, das nicht
kampfbereit war, und es kam zu einem großen Blutbad
unter unseren Männern. Amei, du musst schnell nach
Hause kommen, denn Julian plant, eine Brücke zu
bauen und den Helevtios bis zur Erschöpfung zu
folgen.

In Liebe, Irmelin.

Ich sah Einar an, sodass er genau wusste, was zu tun war.

«Ich lasse Irmelin einen Brief zukommen, dass wir uns auf den Weg nach Hause machen. Als du weg warst, habe ich ein Schiff organisiert, damit wir schneller reisen können.»

«Ich danke dir», hielt ich mir mit einer Hand auf den Bauch.

«Was hast du?»

«Mir ist nur etwas schlecht», winkte ich ab und machte mich auf den Weg, die Reise zu organisieren.

Aufbruch nach Celtica

Nach fünf Tagen intensiver Organisation und zwei Tagen Ritt erreichten wir endlich das Schwarze Meer. Alles war vorbereitet und das Schiff voll beladen. Unser Wille war so stark wie Thors Hammer Mjölnir.

«Ich bin froh, dass du uns begleitest, Valdis.»

Sie sah mich an und ich nahm deine Hand.

«Kommt, wir müssen jetzt los!», rief Einar und stieg vom Pferd.

«Bist du bereit?», fragte mich Valdis.

«Wenn du es bist», erwiderte ich mit einem Schmunzeln.

Wir stiegen von unseren Pferden, nahmen die Zügel und liefen in Richtung des Schiffes. Es war ein imposantes Schiff mit roten Segeln und einer Holzskulptur von Ägir, dem Gott des Meeres, am Bug. Zusammen mit uns waren die mächtigsten 25 Krieger aus ganz Skythien gekommen. Auf den ersten Blick mögen es nicht viele erscheinen, aber diese Frauen waren in der Lage, einen ganzen Wald zu fällen. Als wir die Brücke hinaufliefen und das Schiff betraten, stellte sich die gesamte Mannschaft in einer Reihe auf. Wir liefen an ihnen vorbei, bis einer der Männer plötzlich schrie.

«Wollt ihr uns ins Verderben segeln?»

Ich und Valdis sahen uns irritiert an.

«Ihr müsst das Eisen segnen, ansonsten ist das Schiff für die Überfahrt verflucht.»

«Als würde euch so ein Eisen vor dem Tod bewahren», sprach ich spöttisch.

«Es ist schon ein Verderben, wenn Frauen mit uns reisen!», schrie mich der Mann wütend an.

«Wie meinst du das?», fragte Valdis.

«Frauen sollten nicht über die See fahren, das bedeutet ein schlechtes Omen!»

Ich wollte schon zum nächsten Atemzug greifen, um ihn zu beschimpfen, doch dann mischte sich Einar ein.

«Die Seeleute haben einen eigenen Glauben, eigene Regeln und eigene Gesetze. Möchten wir mitfahren, müssen wir uns ihnen anpassen. Also bitte bleibt unbemerkt.»

Einar sah mich mit einem deutlichen Blick an.

«Ist ja gut.»

Wir berührten das Eisen und verschwanden Richtung Kabine.

«Hast du die schwarze Eule und den schwarzen Hirsch gesehen?», sprach einer der Männer zu einem anderen, mit dem Rücken zu uns gedreht.

«Ja, sie ist bestimmt die Totengöttin Hel.»

«Da haben wir wenigstens Glück, dass sie mit uns reist.»

«Oder es wird unser Untergang sein.»

Erwiderte der andere mit zitternder Stimme.

Wir liefen an ihnen vorbei und ich konnte es mir nicht verkneifen.

«Was für schwache Köpfe», sprach ich zu Valdis und schüttelte meinen Kopf.

Die Männer drehten sich um, erwiderten jedoch kein Wort. Daraufhin lachte Valdis und wir verschwanden im Inneren des Schiffes. Das Schiff brach in See und mein Herz schlug mit jedem Windstoß schneller. Nicht mehr lange und dann bin ich in meiner Heimat bei meiner Familie.

Ich machte mich frisch.

«Bist du dir bewusst, was dich erwartet, wenn du in deine Heimat zurückkehrst und an der Schlacht teilnimmst?»

«Ja, ich weiß, was die Götter erzählt haben.»

Valdis kam auf mich zu, streckte ihre Hand aus und fasste mir an den Bauch.

«Wann wirst du es ihm erzählen?»

«Ich weiß es nicht, es ist noch zu früh. Den Bauch sieht man auf den ersten Blick bisher nicht. Es sieht eher so aus, als wäre ich etwas dicker geworden», lachte ich.

«Wenn das Schiff in meiner Heimat anlegt, werde ich Ende des siebten Monates sein.»

«Genieß die Schwangerschaft, fruchtbar zu sein ist etwas Wunderschönes.»

Ich lächelte Valdis entgegen.

«Danke, das werde ich.»

Wir verließen die Kabine und begaben uns zum Abendessen. Die Seeleute wussten, wie man feiert, doch diesmal entschied ich mich, nichts zu trinken. Mitten in der Nacht wurde es ruhiger, der Wind ließ etwas nach und ich beschloss, schlafen zu gehen. Doch ich lag nicht lange in meinen Träumen, als mich wütende Schreie aus meinem Schlaf rissen. Ich zog mich schnell an, weckte Valdis und lief mit ihr und Alo an Deck. Dabei bemerkte ich, dass sich die Segel nicht strafften.

«Was ist los?», fragte ich Einar, der sich mit einem der Männer unterhielt.

«Es geht kein Wind. Die Männer können zwar rudern, aber das braucht viel Kraft. Wenn der Wind nicht bald zunimmt, werden wir ein großes Problem haben.»

Ich streichelte Einar über die Schulter und sprach aufmunternd.

«Keine Sorge.»

Die Männer ruderten bis spät in die Nacht, es zeigte sich jedoch immer noch kein Windstoß.

«Die Männer können nicht mehr!», rief der Kapitän zu Einar.

«Dann sollen sie sich bis zum Morgenrot ausruhen, hoffen wir, dass der Wind morgen früh zurückkehrt.»

Einar sah mich besorgt an.

«Das ist kein gutes Omen», sprach er zu mir.

Ich sah ihn an und erwiderte.

«Glaubst du ihnen?»

«Du solltest es doch besser wissen, ich kenne niemanden, der so spirituell ist wie du.»

«Es ist nicht immer etwas Höheres, manchmal ist es einfach der Lauf der Natur.»

«Es tut mir leid, meine Liebe. Mich jagen die Sorgen.»

Einar strich mir über meine Wange und nahm mich in seinen Arm.

«Mir geht es ebenso», sprach ich und hielt ihn fest.

Ich konnte die ganze Nacht nicht schlafen und saß mit Alo an Deck und betrachtete die Sterne.

«Du bist ein wahrer Freund, Alo. Es bricht mir das Herz, euch zu verlassen.»

Alo drückte sich an meine Brust.

«Immer noch kein Wind?», sprach Valdis und setzte sich neben mich.

Ich schüttelte den Kopf.

«Bisher nicht.»

«Du solltest etwas schlafen, Amei, ich halte Wache», zwinkerte sie mir zu.

«Na gut, aber ich komme wieder.»

Ich lief zu meiner Kabine und legte mich etwas hin. In dieser Nacht träumte ich von meiner Tochter, die ich bald in den Armen halten würde.

Plötzlich wurde ich aus der Hängematte gerissen und fiel auf mein Gesäß. Alo stupste mich mit seiner Nase an, um nachzusehen, ob es mir gut ging.

«Was war das?», sprach ich zu ihm, erhob mich und rannte aus der Kabine. Im Flur war es, als wäre ein Fuchs in einem Hühnerstall. Die Männer rannten panisch hin und her. Ich lief die Treppe hinauf und öffnete mit viel Kraft die Tür.

«Alo, warte hier!»

Ich eilte nach draußen. Noch nie zuvor hatte ich solch eine Dunkelheit um mich herum erlebt. Der Himmel erleuchtete nur für einen flüchtigen Moment, wenn der Blitz durch den Himmel zuckte. Die Wellen waren von gigantischer Größe.

«Da ist Ägir wohl sauer!», schrie ich zu Valdis, die vor mir war und sich an einem Mast hielt.

«Amei, geh sofort unter Deck. Dort ist es sicherer!», schrie mich Einar an und hielt mich an meinen Schultern.

«In Ordnung!», schrie ich zurück, nahm Valdis an der Hand und lief Richtung Tür. Als wir Unterdeck ankamen, hörte ich, wie ein Mann schrie.

«Jemand hat das Eisen nicht berührt! Jetzt spüren wir den tödlichen Zorn von Ägir!»

Der Mann hielt mich fest am Arm und schrie mir mit panischer Stimme ins Gesicht.

«Du musst dich opfern!»

«Wie meinst du das?»

«Du musst nackt auf dem Deck zum Bug laufen und ein Lied von Ägir und Rán singen.»

«Das musst du nicht tun!», riss mich Valdis von dem Mann weg.

«Vielleicht hilft es ja wirklich», zuckte ich mit den Schultern.

«Und wenn nicht?», sah sie mich erwartungsvoll an.

«Dann schwemmt es mich von Bord.»

Nun sah sie mich genervt an.

«Valdis, ich weiß, dass ich heute nicht sterben werde und du weißt es auch!»

Valdis hatte kein Argument mehr und trat zur Seite.

Ich löste mich von ihr und lief zurück zur Tür. Ich zog mich aus und eilte hinaus. In diesem Moment schienen alle Sorgen, alle Kämpfe unwichtig zu sein, denn es sah so aus, als ob die ganze Welt untergehen würde. Oder war es nur die Midgardschlange, die mit uns spielte? Mit wackeligen Beinen lief ich zum Bug und begann das Lied zu singen.

«In den Tiefen des Meeres, wo Ägir thront,
Erhebt sich ein Lied, das von Hoffnung kündet und von Not.
Ägir, der Gott des gnädigen Meeres, hört unseren Ruf,
Seine neun Töchter tanzen auf den Wellen, sanft und stur.

Sie singen von Erbarmen und von Liebe,
Von den Geheimnissen, die das Meer uns gibt.
Rán, Ägirs Frau, bewahrt uns vor dem Untergang,
In den tiefsten Tiefen des Meeres, dort sind wir geborgen.

Die Wellen brechen sich an den Felsen,
Doch Ägir hält uns sicher in seinen Händen.
Sein Lied erfüllt die Meere, weit und breit,
Und unsere Herzen schlagen im Einklang mit der Zeit.

Ägir, wir flehen dich an, erhöre unseren Gesang,
Lass uns die Schönheit des Meeres erfahren, Tag für Tag.
Wir geben unser Leben für diese Bitte,
Denn in den Tiefen des Meeres finden wir unsere Mitte.

So singen wir dieses Lied, dem Gott des Meeres gewidmet,
In der Hoffnung, dass er uns erhört und uns beschützt.
Ägir, wir vertrauen auf deine Güte und deine Macht,
Mögen deine neun Töchter uns Erbarmen gewähren, Tag und Nacht.»

Ich erreichte den Bug und klammerte mich an einen Masten. Plötzlich hob sich der Bug in die Höhe, als würde er gen Himmel streben, nur um im nächsten Moment in Richtung Meeresboden zu stürzen. Ein Schreck durchfuhr mich, der Gedanke, dass ich dies nicht überleben könnte, schoss mir durch den Kopf. Vielleicht hatten die Götter unrecht mit meinem bevorstehenden Tod, denn die Töchter Ägirs würden mich mit sich reißen. Mein Herz schlug wild und ich schloss meine Augen. Plötzlich spürte ich, wie sich jemand um mich klammerte, um mich zu schützen. Ich wusste, dass es mein geliebter Einar war.

«Wenn wir sterben, dann zusammen!», flüsterte er mir ins Ohr, bevor die Wellen den Bug des Schiffes verschlangen. Ich konnte mich kaum noch halten, das eiskalte Wasser umgab mich. Meine Hände waren kraftlos, doch dann schien Ägir uns wohlgesonnen zu sein und das Schiff tauchte wieder aus dem Wasser auf. Wir hatten das Auge des Sturms überstanden und der Wind empfing uns. Ich öffnete meine Augen und sah Einar.

«Keiner ist so verrückt wie du!», sah er mich an und lachte.

«Und keiner würde mich so lange ertragen, wie du es tust.»

Ich lachte zurück und Einar stimmte mit einem Wolfsheulen ein. Er reichte mir seinen Mantel, den ich schnell anzog, um meinen kleinen Bauch zu verbergen. Einar küsste mich zärtlich im warmen Sonnenlicht, während uns Alo freudig begrüßte.

«Hallo, mein Junge, haben wir es überlebt?»

Streichelten wir ihn freudig zurück.

Unsere Freude war von kurzer Dauer, denn einige der Männer hatten den Sturm nicht überlebt. Die Seeleute bestatteten die Verstorbenen, indem sie sie in weiße Leintücher wickelten und mit Seilen umschnürten.

Abschließend nähten sie mit Nadel und Faden die Nasen zu.

«Warum tun sie das?», fragte ich Einar.

«Aus Respekt, damit das Meerwasser nicht in die Nase läuft.»

Danach warfen die Männer die leblosen Leiber über Bord und sie verschwanden in der Dunkelheit des Meeres.

Der Umweg

Die Seeleute waren beeindruckt von meiner mutigen Tat, und ich hatte mir dadurch einen Platz in der Mannschaft verdient. Inzwischen sind weitere Tage vergangen, und wir nähern uns dem Festland. Der Sturm und das Schwarze Meer liegen bereits drei Wochen hinter uns, und wir befinden uns nun auf dem Mittelmeer. Mein Herz sehnt sich nach meinen Liebsten, und ich kann es kaum erwarten, sie wiederzusehen. Ich habe Einar bis jetzt nicht von meiner Schwangerschaft erzählt, obwohl er bemerkt hat, dass ich zugenommen habe. Die Worte der Völva hallen immer noch in meinem Kopf wider. Nun geht es nicht mehr nur darum, meinen Stamm zu beschützen, sondern auch darum, dass mein Kind in einer sicheren Welt aufwachsen kann. Dafür werde ich kämpfen.

«Du kannst dankbar sein, dass du so einen kleinen Bauch bekommen hast, da bleiben dir viele Schönheitsfehler erspart.»

«Nicht so laut!», zischte ich Valdis zu und winkte sie mit meinen Händen ab.

«Du hast es ihm bis jetzt nicht erzählt?»

«Nein, aber das werde ich noch.»

Sie zog eine Augenbraue hoch. Ich konnte ihre Gedanken lesen, und die sagten mir, ich glaube dir kein Wort.

«Ich werde es ihm morgen erzählen.»

«Amei, warte nicht zu lange.»

«Und zu meinem Bauch, ich glaube, es wird ein sehr zierliches Mädchen», lachte ich sie an.

«Warum denkst du, es wird ein Mädchen?»

«Ich habe es in meinen Träumen gesehen.»

«Träume lügen nie», erwiderte sie.

Valdis legte ihre Hand auf meinen Bauch.

«Also, wenn du es ihm nicht erzählst, dann wird sie es tun.»

Ich sah sie liebevoll an.

«Ja, seit Kurzem spüre ich ihre Tritte.»

«Ich werde dir bei der Geburt helfen, da musst du dir keine Gedanken machen.»

«Da bin ich dir sehr dankbar.»

Der Abend brach an, und wir aßen alle zusammen.

Die Männer hatten gute Laune, da wir kurz vor unserem Ziel waren.

«Morgen müssen wir wieder einen kleinen Halt machen, um die Tiere am Festland zu füttern und Besorgungen zu erledigen», sprach Einar und nahm meine Hand.

«Das ist eine gute Idee, dann kann ich eine kleine Runde mit Nara reiten. Sie wird schon verrückt auf dem Schiff. Ich würde mich freuen, wenn du mich begleitest, denn ich würde dir gerne etwas erzählen.»

«Was denn?»

«Nicht hier», lächelte ich.

Als der Mond seinen höchsten Stand erreichte, begaben wir uns zur Ruhe.

Als die Sonne den Horizont berührte, erwachten wir und bereiteten uns auf das Anlegen vor. Als wir den Strand erreichten, begann ich damit, Nara zu putzen. Hinter den Bäumen bemerkte ich Rauch, doch das beunruhigte mich nicht weiter. Dennoch fühlte ich mich beobachtet, vielleicht spielten meine Hormone während der Schwangerschaft mir einen Streich. Ich trat etwas abseits von der Gruppe, um die Ruhe zu genießen, denn drei Wochen mit so vielen Menschen auf engem Raum waren wirklich anstrengend. Ich freute mich schon darauf, Einar von meiner Schwangerschaft zu erzählen und war gespannt auf seine Reaktion. Plötzlich sah ich Einar aus der Ferne auf mich zukommen. Er winkte wild und sprach etwas, doch der Wind raubte mir die Möglichkeit, seine Worte zu verstehen. Plötzlich packte mich jemand von hinten, und ein weiterer Mann trat hinzu. Nara schlug in seine Richtung aus und traf den Mann in den Bauch. Alles geschah so schnell. Kaum hatte ich zugeschlagen, fand ich mich schon im nächsten Moment auf einem Pferd sitzend, das von einem Mann geritten wurde.

«Ich werde dich wiederfinden, so wie immer!», rief ich Einar entgegen.

Ich sah, wie einige fremde Männer meine Truppe angriffen.

«Weib, sei still!», rief eine tiefe Stimme und schlug mich heftig an meinen Kopf, dass ich für eine Weile in eine andere Welt flog.

Als ich wieder zu mir kam, befand ich mich an einen Baum gefesselt, zusammen mit anderen Frauen. Ich musste mich sehr anstrengen, um etwas erkennen zu können, da alles noch verschwommen war. Viele Stimmen sprachen wild durcheinander, in einer Sprache, die ich kaum verstand. Die Frauen neben mir weinten hysterisch. Mein Kopf brummte, als hätte ich einen Schlag von einer Bärentatze abbekommen.

«Wer seid ihr?»,

Daraufhin wurden die Frauen um mich still.

«Welches Weib gab einen Laut von sich?»

«Ich, du dreckiges Schwein!», sprach ich mit einem Zischen, wie eine Schlange, die auf Angriff ist.

Plötzlich tauchte ein Mann vor mir auf und riss mich grob an meinen Haaren hoch. Die Frauen neben mir erschraken und begannen ängstlich zu wispern.

«Muss ich dir Anstand beibringen oder soll ich dich direkt an die Wölfe verfüttern?»

Ein anderer Mann sprach und näherte sich mir, bevor er mir mit voller Wucht ins Gesicht schlug. Dann drehte er mir den Rücken zu und lachte laut und triumphierend.

«Leg dich besser nicht mit mir an!», sprach ich und spuckte Blut.

Er blieb stehen, drehte seinen Kopf leicht zur Seite, sodass er mich in seinem Augenwinkel wahrnahm.

«Warum sollte ich nicht?»

Er hielt sich zweideutig mit der Hand an seinem Schritt. Ich hob meinen Kopf, meine Haare fielen mir ins Gesicht und das Blut lief mir den Hals hinab.

«Weil ich direkt aus Helheim komme und wenn du mir nicht den nötigen Respekt entgegenbringst, werde ich dir höchstpersönlich einen Ast in den Arsch rammen, sodass er durch den Mund wieder hinauskommt und dann knote ich ihn zu einem Seemannsknoten zusammen.»

Er lachte noch einmal auf und sprach zu den anderen Männern.

«Die ist ja echt irre, sie hat eine scharfe Zunge, sie könnte eine von uns sein!»

Die Männer lachten laut und setzten ihre Arbeit fort. Wir waren immer noch an den Baum gefesselt, während es immer dunkler wurde und die Männer anfingen zu feiern. Sie holten eine Frau nach der anderen, um sie zu missbrauchen. Ich konnte meine Wut kaum zurückhalten, als der nächste Mann kam, um eine weitere Frau zu nehmen. Schmerzerfüllte Schreie durchdrangen die Dunkelheit. Der Nebel breitete sich immer dichter im Wald aus. Als wieder ein Mann kam, um die nächste Frau zu holen, raste mein Herz so sehr, dass es fast zu platzen schien.

«Lass sie los!», sah ich ihn mit einem zornigen Blick an und meine Lippen zitterten.

Der Mann sah zu mir, ließ sie los und kam auf mich zu.

«Warum sollte ich? Bist du wütend, weil sich keiner dir annehmen will, weil du so hässlich bist?», lachte er spöttisch.

Mir zog sich ein Lächeln über die Lippen. Der Mann kam noch näher und kniete sich vor mich hin.

«Soll ich mich dir annehmen?», und strich mir über meine Lippen.

«Warum lachst du?»

Ich sah tief in seine Augen.

«Weil deine Dummheit alles übertrifft.»

Bevor er auch nur reagieren konnte, umklammerte ich ihn mit meinen Beinen, zog ihn zu mir und griff nach seinem Messer, das an seinem Gürtel hing. Ich verpasste ihm einen Kopfstoß, sodass er nach hinten fiel, schnitt mich von meinen Fesseln los und setzte mich auf ihn.

«Ich habe euch gewarnt!»

Der Mann schrie wie eine Frau, als ich ihm sein bestes Stück abschnitt. Er wird nie wieder jemandem dieses Leid zufügen oder sich daran ergötzen können. Die anderen Männer kamen angerannt und derjenige, mit dem ich mich bereits am Morgen gestritten hatte, hielt mir sein Schwert an die Kehle.

«Warte!», rief eine Stimme.

«Lass sie am Leben.»

Ein Mann von beeindruckender Statur, mit intensiv blauen Augen, einem dichten Bart und langen, blonden Haaren, die zu einem kunstvollen Zopf gebunden waren, trat auf uns zu.

«Warum?», fragte der Mann, der mir das Schwert an die Kehle hielt.

«Hast du schon einmal so eine starke Frau gesehen?»

«Ich habe noch nie so ein freches und dummes Weib gesehen.»

«Sie wird eine Sklavin», sprach der Mann mit den blonden Haaren hinter mir.

«Ich werde sie zu einer Kriegerin ausbilden. Man muss ihr nur ihren Willen brechen, sodass sie zu einem Lamm wird. Lass sie los, sie steht ab jetzt unter meinem Schutz!»

Der Mann mit den intensiv blauen Augen fixierte ihn mit einem starren Blick und ballte seine Hand zur Faust. Plötzlich ließ der Mann hinter mir mich los und stieß mich so heftig, dass ich zu Boden fiel. Als ich aufblickte, war der andere Mann mit den blauen Augen bereits verschwunden, ohne mir auch nur einen Blick zu schenken. Ich wurde erneut gefesselt und zu den anderen Frauen gebracht.

Als der Morgen anbrach, saß ich auf einem großen Stein, während der Regen mich durchnässte. Die Männer speisten unter einem Zelt. Ich beobachtete den Mann mit den blauen Augen von gestern. Auf irgendeine Weise übte er eine faszinierende Anziehungskraft auf mich aus. Doch er schenkte mir keinen einzigen Blick.

Wir liefen weiter, bis die Sonne am Horizont verschwand. Ich achtete genau darauf, in welche Richtung wir liefen, nach Norden. Die Männer schlugen ihr Lager auf, und ich legte mich hin und schloss meine Augen. Doch ein unheimliches Gelächter riss mich aus meinem Traum. Die Männer feierten erneut. Sie tranken Wein und spielten ein Spiel, das mich an die Zeit mit Einar bei den Druiden erinnerte.

Die Männer verbanden sich die Augen und schlugen sich mit Stöcken. Derjenige, der bis zum Ende durchhielt, gewann. Ich beobachtete sie aufmerksam. Schließlich trat der Mann mit den blauen Augen vor. Er trat gegen einige Männer an. Seine Kampfkunst faszinierte mich. Er schlug nicht einfach wild um sich wie die anderen Männer, sondern vertraute auf seine Sinne, so wie es mir die Druidin beigebracht hatte.

Am Ende war er der letzte Mann, der noch stand.

Der Mann mit den blauen Augen fragte, ob sich noch jemand traute, gegen ihn anzutreten. Die Männer verstummten.

«Ich!»

Natürlich musste ich mich wieder beweisen.

Die Männer schimpften, dass eine Sklavin nicht mitspielen dürfte.

«Seid still!», rief der Mann mit den blauen Augen in die Runde.

«Jetzt habt Ihr die Gelegenheit, Sie zu schlagen», lachte der Mann mit den blauen Augen provokant.

Fünf Männer traten gegen mich an und ich bekam eine Augenbinde. Selbst der Mann mit den blauen Augen wollte sich mir in den Weg stellen. Alles um mich herum war dunkel und still. Einer der Männer rief und das Spiel begann. Trotz des lauten Jubels der Männer atmete ich ruhig, um mich auf die Geräusche zu konzentrieren.

Ich spürte, wie ein Stock knapp an meinem Bauch vorbeischlug. Beim zweiten Angriff konnte ich den Stock mit meiner Hand stoppen und festhalten. Mit aller Kraft stieß ich den Stock gegen meinen Gegner, traf ihn in den Bauch und brachte ihn zum Boden, dabei ringt er nach Luft. Mir war bewusst, dass alle Männer es auf mich abgesehen hatten und jeden von ihnen erfreuen würde, mich am Boden zu sehen wie ein hilfloses Würmchen in der Sonne.

Hinter mir hörte ich einen Zweig brechen. Ich drehte mich um und schlug mit voller Wucht zu, um meinen Angreifer niederzustrecken. Doch bevor ich den Schmerz eines Schlages spürte, knickte mein Bein ein. Ich hörte das Geräusch seines Stocks, als er zum nächsten Schlag ausholte. Ich rollte mich weg, sprang auf und schlug ihm in den Rücken. Sein schmerzvolles Stöhnen war zu hören, bevor er zu Boden fiel.

Nun waren nur noch der Mann mit den blauen Augen und ein anderer im Spiel. Schritte kamen von beiden Seiten auf mich zu. Ich duckte mich zu Boden und hörte, wie einer den anderen niederstreckte. Mir war bewusst, dass nur noch der Mann und ich mit den blauen Augen übrig waren.

Atemlos stand ich da, alle Sinne geschärft, um seinen nächsten Zug zu hören. Doch ich hörte nur das Geschrei der Männer.

Plötzlich spürte ich einen Windstoß an mir vorbeiziehen. Ich holte zum Schlag aus, doch er wich zur Seite. Er hielt meinen Stock fest in der Hand, zog mich zu sich hin und legte seine andere Hand an meine Kehle. Seine warmen Atemzüge streiften meine Lippen, beinahe berührten sie sich. Er drückte zu, mein Brustkorb hob und senkte sich heftig, da ich kaum Luft bekam. Um uns herum war es still, alle warteten gespannt auf den nächsten Zug. Mir wurde warm und ich erkannte, welche Art von Wärme das war. Doch ich dachte an Einar und den Eid der ewigen Treue, den ich ihm geschworen hatte.

Ohne zu zögern, schlug ich mit meinem Knie in seine empfindliche Stelle, sodass er zu Boden ging. Keiner der Männer freute sich für mich, sie spielten es herunter und feierten weiter. Wieder wurde ich an den Baum gefesselt. Nur wenige Minuten später kam der Mann mit den blauen Augen und setzte sich neben mich. Wir schwiegen eine Weile. Doch die Frage brannte auf meiner Zunge und ich konnte sie nicht länger zurückhalten.

«Wer seid Ihr?»

«Wir sind Gotoren und kommen weit aus dem Norden.»

«Was tut Ihr hier?»

«Wir exportieren Pferde und Pelze, verkaufen sie oder handeln mit ihnen.»

«So wie auch mit den Sklavinnen.»

«Ganz recht», erwiderte er.

«Und warum setzt du dich zu mir?»

Er sah mich an, dann wieder weg und sprach kein Wort.

«Egal, was du mit mir vorhast, ich habe dafür keine Zeit!»

«Warum nicht?»

«Ich habe eine Schlacht zu führen!»

«Was für eine Schlacht?»

«Das geht dich nichts an!», zischte ich.

Er erhob sich und ging ohne weitere Worte.

Als die Sonne den Horizont berührte, marschierten wir weiter. In meinen Gedanken war ich woanders. Plötzlich fiel die Frau vor mir zu Boden.

«Halt», rief der Mann vom ersten Tag und lief zu ihr.

«Weib, steh auf!», er schlug ihr mit dem Fuß in den Magen.

«Ich sagte, steh auf!»

Beim zweiten Schlag schrie ich ihn an.

«Gib ihr doch etwas Wasser.»

Er sah mich wütend an, lief auf mich zu und schlug mich erneut so fest ins Gesicht, dass ich erneut zu Boden fiel. In diesem Moment schwor ich mir, dass ich, wenn sich die Gelegenheit bietet, diesen Mann töten werde. Ich erhob mich langsam, während der Mann mit den blauen Augen an mir vorbeiritt und mich mit einem kurzen Blick bedachte, bevor er seinen Blick schnell wieder abwandte.

Als ich dachte, dass ich jeden Moment zusammenbrechen würde, beschlossen die Männer, das Lager aufzuschlagen.

Nach dem Abendessen, das für mich nur aus etwas Wasser und Brot bestand, begannen die Männer erneut zu trinken. Sie warfen Hufeisen und wetteten beim Baumstammziehen. Währenddessen überlegte ich, wie ich am besten fliehen könnte.

Doch in disen Moment hörte ich plötzlich Todesschreie. Die Männer wurden unerwartet angegriffen. Ich sah hinter mir Feinde aus dem Wald treten, während die Sklavinnen und Männer in eine Richtung flohen. Plötzlich packte mich jemand von hinten. Es war der Mann mit den blauen Augen. Er löste meine Fesseln.

«Komm mit mir!»

Es waren zu viele, um allein die Flucht zu ergreifen. Ich folgte ihm einen Berg hinauf, allmählich wusste ich, wo wir waren. Wir rannten weiter, bis uns eine Schlucht den Weg abschnitt.

«Wir müssen springen!», schrie mich der Mann an.

«Das Wasser ist eiskalt und bald ist Abend. Wir werden sterben!»

«Das ist unsere einzige Chance, vertraue mir!»

Ich weiß nicht, warum, aber aus irgendeinem Grund tat ich es. Er nahm meine Hand und wir sprangen zusammen. Als wir ins eiskalte Wasser eintauchten, durchzog mich ein krampfartiger Schmerz. Ich verlor den Mann aus den Augen und wusste nicht mehr, wo oben oder unten war. Vor Kälte wollte ich die Hoffnung schon aufgeben, bis der Mann mit den blauen Augen meine Hand ergriff und mich an die Oberfläche zog. Als ich am Ufer aufwachte, sah ich, wie der Mann mit den blauen Augen bewusstlos neben mir lag. Sein Körper war kalt und von den scharfen Felsen im Wasser gezeichnet. Ich legte mich auf ihn, um ihn zu wärmen. Ich zitterte am ganzen Leib und sah mich mit einem verlorenen Blick um. Mit uns waren noch andere gesprungen, einige waren tot und andere würden es wahrscheinlich bald sein.

Nach einigen Minuten wachte er auf und sah mich an.

«Ich wollte dich nur wärmen», sprach ich mit zittriger Stimme.

«Ist in Ordnung», sprach er ebenso mit einer zitternden Stimme wie ich.

«Wir müssen ein Feuer machen, bevor es dunkel wird.»

Als ich herumlief, um Holz zu suchen, sah ich, dass die Götter auf unserer Seite waren. Hundert Schritte weiter entsprang ein gewaltiger Wasserfall, der uns das Leben nehmen konnte. An der Klippe des Wasserfalls entfachten wir mit den restlichen Überlebenden ein Feuer, das uns am Leben erhalten sollte.

Als die Nacht hereinbrach, setzte ich mich ans Feuer und zitterte immer noch vor Kälte.

«Zieh deine Kleider aus», sprach der Mann mit den blauen Augen zu mir.

«Wie bitte?», fragte ich sprachlos.

«Zieh die Kleider aus, wenn du diese Nacht überleben willst.»

Ich zögerte.

«Wir haben den Sprung auch überlebt, nicht wahr?»

Er zog sich bis auf das letzte Hemd aus und ich tat es ihm gleich. Wir lagen eng aneinander am Feuer. Obwohl es keinen Schnee in den Bergen gab, wurde es in der Nacht eiskalt. Ich versuchte mich klein zu machen, doch ich zitterte weiterhin stark. Mein Körper brannte wie Feuer. Ich hatte das Gefühl, dass nicht jeder, der am Feuer lag, diese Nacht überleben würde. Plötzlich spürte ich, wie sich der Mann mit den blauen Augen an meinen Rücken drückte.

«Keine Sorge, ich tue dir nichts, ich will dich nur wärmen.»

Die Nacht verging und vor Kälte konnte ich nicht schlafen.

«Ich habe mich damals zu dir gesetzt, weil du dir meine Aufmerksamkeit verdient hast, und ich ging ohne Worte, weil ich dich gerne gehen lassen wollte.»

Im ersten Moment erwiderte ich kein Wort, dann drehte ich mich zu ihm.

«Wie ist dein Name?»

«Reidar», flüsterte er mir ins Ohr.

«Deine Lippen sind blau.» dabei strich er mir über meine Lippen.

«Und wie ist dein Name?»

«Amei.»

Wir schwiegen wieder für einen Moment.

«Ich glaube nicht, dass ich diese Nacht überleben werde, meine Beine fühlen sich taub an.»

Ich spürte seinen kalten Körper und drückte mich fest an ihn.

«Ich verstehe nicht, warum du einen warmen Körper hast. Liegt es daran, dass in dir göttliches Blut fließt? Ich kann es mir nicht anders erklären.»

Ich drehte mich um, legte mich über ihn und küsste ihn zärtlich auf die Lippen. Mein Herz raste wild, und in diesem Moment dachte ich sowohl an Einar als auch an unser Kind, das in mir schlief. Ich fühlte mich auf seltsame Weise mit ihm verbunden, als würden wir uns schon länger kennen. Kann man sich zu zwei Männern gleichzeitig hingezogen fühlen? Gibt es mehr als nur einen Seelenverwandten?

161

Ich nahm seine Hand und legte sie auf meine Brust. So ließen wir unserer Leidenschaft vor den Flammen des Feuers freien Lauf. Eine Weile später lagen wir in seinen Armen, die Kälte hatte ihn verlassen, und wir sahen gemeinsam zum Himmel.

Ich liebe Einar von ganzem Herzen, wir haben viel gemeinsam erlebt. Wir gehören zusammen wie Schild und Schwert. Aber dennoch fühle ich mich stark zu Reidar hingezogen.

Als der Mond sich am Horizont verabschiedete, erhob ich mich und sah, dass nicht alle Seelen die Nacht überlebt hatten. Ihre leblosen Körper waren starr vor Kälte. Ich sah mich um und spürte plötzlich eine Hand auf meinen Schultern.

«Wie geht es weiter?»

«Es liegt nicht in meiner Verantwortung, diese Menschen zu bestatten. Sie sollen von den Wölfen auseinandergerissen werden.»

Ich wandte mich ab und lief weiter Richtung Norden.

«Amei, was ist mit uns?»

«Reidar, meine Bestimmung ist es, bei der Schlacht meines Stammes mitzukämpfen.»

«Dann kämpfe ich an deiner Seite!»

Ich sah ihn mit einem verwirrten Blick an.

«Ob du willst oder nicht, ich komme mit», sprach er bestimmt und lief weiter.

Ich machte mir Sorgen, wie es ausgehen würde, wenn zwei starke und kampflustige Männer aufeinandertreffen.

Reidar erzählte mir Geschichten, um den endlosen Weg erträglicher zu machen.

«Wusstest du, dass Freya ursprünglich zum Stamm der Vanen gehörte und dann zu den Asen wechselte?»

«Ja.»

«Die Romanis verwechseln auch immer die Göttin Freya und Frigg.»

«Ja, das ist richtig. Frigg ist die Gemahlin von Odin und die Göttin der Ehe, Mutterschaft und des Heims. Freya hingegen steht für die Liebe, Fruchtbarkeit, Glück, den Frühling und ist die Schutzgöttin der Liebenden. Es ist bekannt, dass man neugeborene Kinder mit Wasser einstrich, um sie mit Freyas Segen zu schützen. Und ja, ich wusste, dass Freya einen Halsschmuck trägt, der von den Zwergen geschmiedet wurde.»

«Ja, weil Freya viele Liebhaber, so wie Liebhaberinnen hat. Doch binden wollte sie sich nie. Auch als Thor sie zu einer Heirat zwingen wollte, weigerte sie sich.»

«Die berühmteste Walküre von Freya ist Hild, die Tapfere. Wusstest du, dass Odin und Freya einen Vertrag haben, dass Odin die eine Hälfte der Gefallenen behalten darf und sie die andere?»

«Ja, in welchen Himmel würdest du gehen?», fragte ich Reidar.

«Natürlich zu den Asen, wo der Vatergott Odin lebt. Und du?»

«Ich würde zu den Vanen gehen, um mit Freya an meiner Seite zu kämpfen und nachdem wir die Schlacht gewonnen haben, würde ich mit ihr an der Tafel Met trinken und das Fest genießen.»

Wir liefen noch einige Stunden.

«Reidar!»

«Ja?»

Ich nahm seine Hände und sah ihn mit einem herzhaften Lachen an.

«Ich bin zu Hause!»

«Wie zu Hause, hier ist ja nichts?»

«Komm!»

Ich nahm seine Hand und wir rannten durch den Wald.

Zu Hause

Wir kamen an einem großen Lindenbaum an, der bei einer Lichtung stand.
«Das Haus von Conor und Fia!», rief ich mit aller Lautstärke.
«Von wem?»
Kaum rannte ich den Weg hinunter, kam von der linken Seite Alo angerannt.
«Ist ja gut, mein Junge, ich habe dich auch vermisst.»
Alo schleckte mir voller Freude mein Gesicht ab. Danach liefen wir weiter, bis ich eine junge Dame an einem Brunnen vor dem Haus sah.
«Buh!», rief ich und Irmelin erschrak, sodass sie den Kesselwasser fallen ließ. Mit einem schnellen Blick sah sie mich an und gleich wieder zurück zum Kessel.
«Ach Amei, warum tust du mir das an?»
Erwartungsvoll wartete ich noch einen Moment.
«Amei», drehte sie sich noch einmal zu mir, um sich ganz sicher zu sein.
«Amei!», rief sie noch einmal, als könnte sie es nicht glauben, dass ich vor ihr stand.
Sie streckte ihre Arme aus und hielt meine.
«Amei!», schrie sie ein letztes Mal, bevor sie mir in den Arm fiel.
«Ich dachte, du wärst tot!»
«Wie denkst du auch von mir?», fragte ich sie spöttisch und lachte.
«Ich habe dich vermisst, kleine Irmelin.»
«Ich dich ebenso.»
Plötzlich hörte ich ein Schreien.
«Ach entschuldige, das ist mein Sohn Aribald», sie hat ihr Kind in einem Tuch an ihre Brust gebunden.
«Oh wie süß, entschuldige dich doch nicht für so eine reine Seele.»
Ich nahm ihr den Kleinen ab und hielt ihn fest in meinen Armen.
«Wie ich sehe, trägst du auch ein Kind.»
«Ja», lächelte ich verlegen.
«Und der stramme Mann ist der Vater.»
«Nein», sie sah mich erwartungsvoll an.
«spuck schon aus, wer ist es dann?»
«Einar.»
«Einar?»

«Ja.»

«Ich wusste doch, dass zwischen euch etwas wird, als ich dich verließ.»

«Irmelin, ist Einar hier?», fragte ich sie ungeduldig.

«Er war hier.»

«Wo ist er hin?»

«Julian ließ die Brücke fertig bauen, die Helvetios schickten einen Mann namens Divi, er sollte Julian erneut überzeugen, die Verfolgung aufzugeben. Aus irgendeinem Grund tat er dies. Nun kehrten die Helvetios das Blatt und folgen Julian. Einar ist auf dem Weg zu den Helvetios, um sie zu unterstützen.»

«Ich muss ...»

Ich unterbrach, weil ein ziehender Schmerz zwischen meinen Beinen ausbrach.

«Amei?», sprach Irmelin und hielt mich fest.

«Amei!»

Sah mich nun Reidar an.

«Ich bekomme mein Kind», flüsterte ich leise.

«Wie?», sprach Reidar noch einmal.

Erneut kam der Schmerz.

«Ich bekomme mein Kind!», schrie ich Reidar an.

Reidar hob mich hoch und lief Richtung Haus.

«Nein.»

«Wie, nein?»

«Mein Wunsch ist es, im Wald in einem Bach mein Kind zur Welt zu bringen.»

Reidar und Irmelin sahen sich sorgevoll an.

«Bitte!», rief ich und biss mir auf die Zähne.

«Na gut», sprach Irmelin.

«Ich hole ein paar Dinge, Reidar bringt Sie zum Bach.»

Reidar trug mich Richtung Bach.

«Es ist noch zu früh, Raida», mir lief eine Träne über meine Wange.

«Mach dir keine Sorgen, Amei. Warum im Wald?», versuchte er mich mit einer Frage abzulenken.

«Hier im Wald hat man die meiste Energie, hier bin ich zu Hause.»

Reidar nickte, als würde er es verstehen.

Der Mond war am höchsten Punkt, als ich mein Kind zur Welt brachte.

«Es ist ein kleines Mädchen.»

Irmelin übergab mir mein Kind und ich legte es auf meine Brust. Es war winzig und schwach.

Als ich mich etwas erholt hatte und bereit war zu gehen, trug mich Reidar zur Hütte, wo uns schon alle ungeduldig erwarteten. Es war eine herzliche Begrüßung, Birk, Hulda, Alva und auch Irmelins Ehemann Alvar waren hier. Wir feierten, bis die Sonnenstrahlen den Morgentau begrüßten. Danach schlief ich mit meinem Kind vor dem Kamin ein.

Ich verschlief den ganzen Tag und wachte erst zum Abendessen auf. Wir saßen an der Tafel und aßen.

«Irmelin, bevor morgen die Sonne aufgeht, werde ich zu Einar reiten und mit ihm an seiner Seite kämpfen.»

«Du hast ein Kind geboren», sprach Irmelin entsetzt.

«Bist du von allen guten Geistern verlassen?»

«Wenn ich nicht gehe, in was für einer Welt wird dann mein Kind aufwachsen? Der Krieg wird nicht warten, bis sie erwachsen ist.»

Irmelin sprach kein Wort mehr.

«Du bist für mich wie eine Schwester, darum bitte ich dich, gut auf mein Kind zu achten, wenn ich nicht mehr zurückkehre.»

Sie nahm meine Hand und sprach.

«Natürlich, aber du wirst zurückkehren. Du bist Amei von den Aleman, du legst dich selbst mit den Göttern an.»

Nachdem wir zu Ende gegessen hatten, ging ich mit meinem Kind schlafen. Bevor die Sonne den Himmel berührte, nahm ich mein Kind und ging vor die Tür. Ich holte die Zedernnuss hervor, die mir Enya geschenkt hatte. Ich steckte sie in meinen Mund und begrub sie zusammen mit meinem Kind.

«Auch wenn ich nicht mehr bei dir bin, werden wir für immer verbunden sein.»

Ich gab ihr einen Kuss auf die Stirn und brachte mein Kind zu Irmelin.

«Kaum bist du hier, gehst du schon wieder fort. Bist du bei Kräften, um dich in das nächste Abenteuer zu stürzen?», fragte mich Birk bedrückt.

«Ich habe genug von deinem leckeren Brennnesseltee getrunken, um ganz Romania auszulöschen, ich bin gestärkt», lachte ich und nahm Birk das letzte Mal in meinen Arm.

Ich und Reidar verabschiedeten uns und ritten los.

Wir ritten bis spät in die Nacht und rasteten kurz vor meinem Ziel.

Reidar und ich lagen vor dem Feuer und sahen die Sterne an.

«Du wirst ihn morgen finden.»

Ich sah ihn lange an, bevor ich sprach.

«Reidar, du wirst meine Flamme bleiben, egal was passiert. Du wirst in meinem Herzen sein und jedes Mal, wenn ich an dich denke, wird sich mein Herz erwärmen.»

Ich drehte mich zu ihm und sah ihm in die Augen.

«Amei, können wir uns ein letztes Mal vereinen, bevor wir uns wieder verlieren?»

Ein kleines Lächeln schlich sich über meine Lippen, und danach küsste ich ihn. Also vereinten wir uns ein letztes Mal.

Ich und Reidar brachten noch ein Opfer für die Götter, damit sie uns für diesen Kampf segnen. Danach gingen wir schlafen.

In der Morgendämmerung wurden wir von Kampfschreien geweckt.

«Amei, wir müssen los!»

Ich zog mich an und kniete danach zu Boden. Bevor ich mich meinem letzten Schicksal stelle, möchte ich eine Minute in mich gehen.

«Muttererde und Vaterhimmel, ich bitte euch, steht mir zur Seite», flüsterte ich leise und erhob mich dann wieder.

Ich ging zu Nara und streichelte ihr über die Stirn. Dann stieg ich auf und wir ritten mitten ins Schlachtfeld.

Reidar und ich waren große Krieger und kämpften mit allem, was wir hatten.

«Amei, sieh!»

Ich sah, wie einige Reiter von Julian herangaloppierten und wie sich vier Legionen in dreifacher Schlachtreihe auf dem Hügel aufstellten, während auf der anderen Seite des Berges noch zwei weitere standen. Die Helvetios formierten sich zu einer Schildwall-Phalanx und griffen an. Ich erinnerte mich an die Worte der Völva. Wir haben keine Chance, das wird unser Untergang. Dennoch kämpfte ich mit aller Kraft weiter, als ob ich das Schicksal ändern könnte.

Doch plötzlich durchbohrte ein Schwert meinen Bauch, der Schmerz überwältigte Tränen und sie liefen über meine Wangen. Ich sah mich um, konnte aber Reidar nirgendwo entdecken, als hätte die Schlacht ihn verschluckt.

Plötzlich sah ich vor mir.

«Einar!», rief ich seine Stimme los, als ob Einar mich gespürt hätte.

Er drehte sich zu mir um und unsere Blicke trafen sich. Es fühlte sich an, als wären unsere Seelen miteinander verbunden und würden immer wieder zueinander zurückkehren. Der Romanis zog sein Schwert zurück und ich fiel zu Boden. Einar stürmte auf mich zu und schlug dem Romanis mit einem kräftigen Hieb den Kopf ab. Dann nahm er mich in seine Arme und trug mich an einen ruhigen Ort hinter einem Felsen. Er strich sanft mit seiner Hand über meine Wange.

«Einar ...», schluchzte ich und weinte.

Einar sah mir tief in die Augen.

«Meine Liebste, kaum haben wir uns gefunden, trennt uns das Leben schon wieder!»

Nun lief Einar eine Träne über seine Wange und tropfte auf meine.

«Hätte ich Julian nur an diesem Tag getötet, als ich die Gelegenheit hatte!»

«Nein, Amei, es hätte nichts geändert. Die Romanis hätten uns als Ehrenlos empfunden und uns alle nacheinander abgeschlachtet.»

Ich hustete stark, sodass etwas Blut mitkam und mir ein qualvoller Schmerz durch den Körper zog.

«Nun ist für mich alles unwichtig, ich werde für dich hunderte Romanis töten, bevor ich das Leben verlasse. Das schwöre ich dir!»

«Nein, Einar, auf dich wartet unser Kind!»

«Unser Kind?»

Ich atmete schwer und erkämpfte jedes weitere Wort.

«Ich wollte es dir auf dem Schiff erzählen, bevor sie mich holten. Gestern kam unsere Tochter auf die Welt.»

«Ich kenne keine Frau, die so stark ist wie du, meine Liebste.»

Einars Worte erwärmten mein Herz.

«Wie ist ihr Name?»

«Ich gab ihr noch keinen in der Hoffnung, dass ich dich wiedersehe.»

«Dann nennen wir sie Toiva, die Hoffnung.»

Voller Liebe lächelte ich Einar an. Nach all den Trennungen und Wiedersehen küsste er mich sanft auf meine Lippen. Eine letzte Träne lief über meine Wange, bevor mein letzter Atemzug meinen Körper verließ.

«Ich werde ihr jede Geschichte von dir erzählen, ich werde sie zu einer starken Kriegerin erziehen, dennoch so sanftmütig wie du.»

Einar ließ meine Hand los, legte mich zu Boden und verschwand im Nebel der Schlacht.

Ende

Informiert euch eigenständig über die verschiedenen Heilpflanzen, die ich in diesem Buch erwähnt habe, über ihre Wirkung, Dosis und Einnahmedauer.

Dieses Buch widme ich meinem geliebten Partner. Du warst immer an meiner Seite, hast meine Tränen getrocknet, mir ein Lächeln ins Gesicht gezaubert und warst stark für mich, als die Hoffnung schwand.

Ein herzliches Dankeschön geht auch an meine Mutter, meine Schwester Fabienne, die liebe Gertrud und meine Freundin Alida & Feli.